ET SI JE N'AVAIS PLUS LE COURAGE...

De Fouzia SOUALEM

ISBN : 978-2-9581612-2-4

Dépôt légal Janvier 2022

Je dédie ce premier roman à mes parents Halima et Chabane qui ont toujours été convaincus que j'avais un don pour l'écriture, à mes enseignants de l'école primaire de Pierres et à mon professeur de français au collège, madame Toulouse dont je garde un tendre souvenir.

Il n'est jamais trop tard pour réaliser ses rêves...

TABLE DES MATIERES

CHAPITRE 1
BIENVENUE DANS MON MONDE

A quel moment peut-on être sûre que la personne que l'on croyait avoir choisie s'est en fait imposée dans notre vie ? Tout arrive progressivement, vous ne vous rendez pas compte de la gravité de la situation, parce que les dérapages commencent petits, suivis de plates excuses, et vous vous dîtes que vous dramatisez.

Et très vite, vous n'avez personne à qui en parler, personne avec qui partager votre quotidien, personne qui vous aide à prendre du recul et à prendre conscience de ce qui vous arrive par la même occasion.

C'est là qu'il est très fort, sans jamais montrer son vrai visage à autrui, sans se fâcher avec personne, il s'arrange pour que vous endossiez le rôle de la « méchante », qui s'énerve facilement, qui se brouille avec tout le monde. Mais les autres ne savent pas qu'il vous commande comme un jouet télécommandé, qu'il surveille votre téléphone, vous dicte quoi répondre à vos proches, vous empêche de les voir, les empêche de venir vous voir.
Et il faut reconnaître qu'à ce jeu-là, il est doué, car il arrive à faire tout ça, à contrôler la vie de plusieurs personnes, à briser des liens familiaux, sans jamais avoir à parler à toutes ces personnes.
Et surtout, sans jamais quitter son grand sourire tellement sincère, sa fausse politesse, ses fausses excuses qui le placent toujours en éternelle victime de la vie et des autres.

Mais je vous parle sans me présenter : je m'appelle Keyra, j'ai trente-cinq ans, je suis la chanceuse maman d'une petite Amanda de trois ans et mon mari nous a quittées le jour de son quarantième anniversaire après des années de crises épuisantes en hurlant un truc du genre :

" T'es qu'une pauvre fille et avec vous deux je vieillis deux fois plus vite !" Après ça, évidemment, inutile de sortir le gâteau et les ballons…

En même temps, Cyrryus était plutôt fan de films d'horreur, donc, je pensais d'abord qu'il était sorti se détendre avec un de ses nombreux " amis" en regardant des choses horribles, et nous, on a passé la soirée devant un conte de fées, en mangeant le gâteau bien sûr, pas de gâchis !

J'avais eu droit à tout avec lui.

Je l'ai connu charmant, même si j'avais bien remarqué qu'il attachait une importance singulière à des détails infimes, j'étais persuadée que nous allions vivre une vie formidable, il avait tellement de projets pour nous, il semblait plein de vie, d'optimisme, il était toujours si attentionné.

Nous nous sommes connus lors d'un mini tournoi de ping-pong. Il ne me lâcha plus une minute. Il était devant mon studio tôt le matin, m'apportant les croissants, il semblait passionné par ses études de commerce international, sortait très peu le soir : une vraie perle en quelque sorte. J'avoue que je ne le trouvais pas spécialement attirant, c'était même plutôt le contraire en fait. Mais, sa gentillesse et son humeur égale me faisaient progressivement oublier sa pâleur maladive, sa coupe de cheveux d'un autre âge et ses vêtements dépareillés le plus souvent. Plus le temps passait, moins je prêtais d'attention à son allure générale…

Il me faisait rire, était aux petits soins pour moi, m'aidait à réviser en période de partiels, il cuisinait, rangeait pour que je puisse me consacrer à l'essentiel. Fait étrange, lui, passait très peu de temps à réviser. C'était assez étonnant de ne pas stresser pour des examens de première année tout de même ! Mes camarades de promotion changeaient littéralement de couleur en cette période, ils devenaient irascibles, focalisés sur le pourcentage d'échec en première année, sur ce qu'ils allaient devenir.

Mais Cyrrius demeurait égal à lui-même, « c'était dans la poche » disait-il. J'étais
impressionnée.

Un jour, je croisais Camélia, une camarade de lycée inscrite aussi en commerce
international, elle venait de passer un partiel et courait réviser le second. Je lui
demandais si elle avait vu Cyrrius, elle parut gênée d'abord, puis me dit tout de même
que non. Cela n'avait rien d'étonnant, leurs salles d'examens devaient être aussi
bondées qu'à la fac, pensais-je, sans y accorder trop d'importance. Nous nous quittâmes,
Camélia fit quelques pas avant de revenir vers moi en me glissant : « Fais tout de même
attention avec lui, il est étrange, on croirait un comédien qui vient pour épater la galerie,
il parle à tout le monde, rigole tout le temps... On est inscrit dans le même cours de
travaux dirigés et je ne l'y ai pas revu depuis la rentrée ! ». J'étais interloquée : rater les
travaux dirigés n'était rien d'autre que l'assurance d'être éliminé d'office, inutile de
passer les partiels ! Toute la journée, cette pensée me hantait et curieusement, Cyrrius
était invisible. Camélia n'avait rien d'une mauvaise langue, bien au contraire, sa
bienveillance et son altruisme la rendait plus mature et plus fiable que bien des
personnes autour de nous, mais ce qu'elle venait de me dire était tellement énorme…
La soirée arriva, vers dix-neuf heures, quelqu'un frappa à ma porte : c'était lui. Il
arrivait avec une énorme pizza et des boissons fraîches, il s'affala sur le sofa en me
racontant sa journée. Le premier partiel l'avait mis ko, il avait été surpris par le sujet et
avait passé le reste de la journée à réviser pour le suivant en espérant se rattraper.
Je ne savais quoi dire, j'étais perplexe, il paraissait sincère. De sa sacoche tombèrent des
feuilles que je ramassais : des brouillons de la dissertation de droit apparemment. Mais
peu de choses lui échappaient, il remarqua rapidement ma distance et me questionna
jusqu'à ce que je lui raconte ma rencontre. Je craignais qu'il n'aille faire une scène à mon
amie, mais non, pas du tout. C'est à moi qu'il choisit de la faire. Il s'emporta en
exprimant sa tristesse de voir que je préfère donner raison à une vulgaire copine plutôt
qu'à lui qui était toujours là pour moi. « Et elle fait quoi ta copine pour toi ? Tu parles
d'une amie, elle est juste jalouse et voilà ! J'hallucine, dire que je sèche les cours, moi !
Alors que je jongle entre la fac et mes petits boulots pour ne rien coûter à mes parents et
pour t'acheter des cadeaux, quelle ingratitude ! ».

J'étais honteuse. J'aurais dû me taire. Tourner sa langue sept fois dans sa bouche, un proverbe inconnu pour moi à l'époque. Il quitta mon studio, me laissant seule en train de pleurer, sans savoir où j'en étais exactement. J'étais passée d'une journée de rêve à u véritable cauchemar.

Je ne cessais de retourner les événements dans ma tête, mais le souvenir des brouillon acheva de me convaincre. Camélia s'était trompée, c'est sûr. Il ne donna pas signe de v pendant plusieurs jours. Puis, un matin, il débarqua comme si de rien n'était, avec des croissants chauds et un sourire de premier de la classe. Je le laissais entrer, prise au dépourvu. J'étais soulagée qu'il soit là, il n'était plus fâché alors. Nous prîmes notre ca comme si de rien n'était. Je n'osais pas parler de notre querelle, de peur que tout parte nouveau en vrille, je parlais le moins possible, c'était le meilleur moyen d'éviter de dir une bêtise.
C'était bien vu, tout était oublié, il débarrassa la table, fit la vaisselle pendant que je me coiffais.
Avant de partir, il m'embrassa et me chuchota à l'oreille « On est d'accord, je ne veu plus que tu parles à cette Camélia, elle veut nous séparer, t'as bien vu cette fois, je compte sur toi ». Il sortit. Cette dernière phrase me glaça littéralement. Je croyais cette histoire oubliée, mais non. Il fallait maintenant que je fasse une croix sur mon amie, qu je l'évite sur le campus, que je lui fasse comprendre qu'elle ne pouvait plus passer au studio, qu'elle ne m'appelle plus…Mais je me sentais tellement fautive, tellement coupable, que je ne remis pas en cause cet ultimatum, je me demandais plutôt commen faire pour désamorcer la crise le plus vite possible. Je commençais par bloquer son numéro. Avec toutes ces histoires, j'étais déjà en retard en cours.
Les jours passèrent, Camélia était en plein partiel, elle ne m'appelait donc pas et petit à petit, j'oubliais que cette situation pouvait vite devenir intenable. Finalement, il ne me demandait pas la lune, et nous nous entendions merveilleusement bien. Nous passions des heures à rire comme des fous, même mes voisins en étaient jaloux, ils nous regardaient avec envie.

Pour tout le monde, nous étions LE couple du campus, Cyrrius semblait toujours être aux petits soins pour moi : s'il faisait chaud il accourait avec un cornet de glace, s'il faisait froid, il resserrait mon écharpe parce que j'étais assez fragile de la gorge. J'avais vraiment de la chance à vrai dire. L'année universitaire s'écoula sans trop d'accrocs.

Il insistait pour que je le présente à mes parents adoptifs avant les grandes vacances, cela me semblait un peu précipité tout de même… Mais je ne voulais pas le contrarier, qu'il s'imagine qu'il ne comptait pas pour moi ou je ne sais quoi d'autres… J'eus tout de même l'idée de lui demander de me présenter à ses amis parce que lui connaissait les miens et moi, je n'avais été présentée à personne tout de même. Son regard se perdit un court instant, il faut dire qu'il est pourtant difficile de se perdre dans un studio de vingt mètres carrés…

Puis il se leva, me regarda fixement et froidement, avant de prendre un air choqué. Comment pouvais-je mettre une condition à sa demande ? Pourquoi voulais-je rencontrer ses amis ? Il ne me suffisait pas ? Je ne lui faisais donc pas confiance ? J'étais interloquée. Quel étudiant se vexerait dans cette situation ? Il se leva brutalement, passablement énervé. Cette fois-ci, je me levais aussi, j'ouvrais la porte en lui disant qu'on allait s'arrêter là parce que ça ne pouvait pas coller.

Il cria « bon débarras ! » et disparut dans le couloir. Curieusement, je ne ressentais ni peine ni colère. Juste un grand soulagement.
 Les dernières semaines de l'année universitaire prirent fin, j'avais réussi mes examens et trouvé un job d'opératrice pour juillet, je retournerai chez mes parents en août. Camélia aussi avait été embauchée dans cette société, il fallait démarcher au téléphone des particuliers pour leur proposer la visite de commerciaux en produits naturels. Rien de passionnant, mais il fallait bien payer ses études, et ça n'était que pour un mois.

J'avais débloqué le numéro de Camélia et je lui avais expliqué ce qui s'était passé, elle était plutôt contente de me savoir à nouveau célibataire et nous décidâmes de partager un studio pour réduire nos frais. Les studios du campus étaient loués pour l'année universitaire, elle résilia sa demande pour la rentrée prochaine et s'installa dans le mien.

On était un peu à l'étroit avec un sofa en plus, et je ne parle pas des vêtements qui étaient enfermés dans des caisses en plastique au fond du placard, faute de dressing. Mais à deux, on pourrait respirer financièrement, et comme on était des bosseuses, on se motiverait, c'était sûr.

Les semaines s'écoulaient très agréablement, on finissait le travail vers 16H, on allait à l'auto-école, au cinéma, on se faisait livrer des pizzas, on regardait des séries télé, on riait tout le temps, c'était ça la vraie vie : profiter de chaque journée sans se poser de questions.

En août, je retournais chez mes parents, je retrouvais mes sœurs et nous partîmes même une semaine à la mer. Pas un souci à l'horizon.

La rentrée arriva, Camilla et moi nous installâmes dans notre nouveau studio, nous avons joué les fées du logis, les reines de la décoration, et commencé notre nouvelle année de brillantes étudiantes célibataires. Et puis un soir, en rentrant, je relevais mon courrier, comme d'habitude. Sauf que cette fois-ci, je remarquais une enveloppe étrange, un peu froissée.

Je montais au studio, et commençais à regarder les nouvelles : un catalogue, une lettre de Diana, ma correspondante britannique, une facture de bibliothèque et…cette étrange enveloppe froissée. J'allais l'ouvrir quand mon téléphone sonna : c'était Camélia, elle voulait qu'on se retrouve pour aller dîner avec des copains à elle. Je ressortis aussitôt et j'oubliais le courrier.

Le lendemain, après les cours, je retombais sur mon enveloppe. Je l'ouvris : je dépliais la lettre, mes mains se mirent à trembler. Il était écrit en lettres capitales et tremblantes : SALE TRAINÉE. J'étais stupéfaite. Qui avait pu écrire ça ? Je regardais l'enveloppe. Il n'y avait pas de nom dessus, ce pli ne m'était peut-être pas destiné après tout. Camélia ne semblait pas traumatisée par la nouvelle, elle disait qu'avec tous ces étudiants sur le campus, ça pouvait aussi être une mauvaise blague et que porter plainte ne servirait à rien, les courriers anonymes étaient monnaie courante et personne ne prendrait cette histoire au sérieux.

Camélia avait raison, du moins je le pensais, j'avais envie de le penser, j'avais besoin de le penser.

Je jetais tout ça à la poubelle et n'y pensais plus. Mais les incidents se succédaient et je commençais à m'inquiéter.

Un soir, je trouvais la poignée de ma porte d'entrée cassée, littéralement arrachée et jetée au sol : le gardien m'ouvrit et la remplaça, à notre charge bien sûr.

Les lettres anonymes arrivaient régulièrement maintenant, toujours des insanités sans nom mais toujours dans notre boîte aux lettres.

Camélia ne trouvait plus cette histoire aussi insignifiante qu'au début, elle voulait que l'on aille déposer une plainte au commissariat.

Nous avions convenu d'y aller en fin de semaine après les cours.

Mais un nouvel événement allait tout chambouler. Ce vendredi matin, on avait glissé sous notre porte une grande feuille A4 avec ces mots en lettres capitales :« VA A LA POLICE ILS NE ME TROUVERONT JAMAIS MAIS MOI JE SAIS OÙ TE TROUVER ».

Cette fois-ci, nous avions vraiment peur, le bâtiment était censé être sécurisé, on y entrait avec un badge uniquement ou par l'interphone.

Les pensées se succédaient dans ma tête, mais je dois reconnaître que je ne voyais qu'une seule personne qui nous en voulait à toutes les deux : Cyrrius .

Mais je n'avais pas de preuve, on s'était juste séparé comme des millions de jeunes tous les jours et je ne l'avais pas revu depuis d'ailleurs.

Camilla, qui était dans le même cursus que lui, ne le croisait jamais non plus, il avait dû se réorienter ailleurs.

Nous ne savions plus que penser…Mais ce qui était exact, c'est que la police ne pourrait rien faire pour nous protéger de lui, alors que lui pouvait visiblement nous atteindre sans peine quand il le voulait. Nous hésitâmes beaucoup, traînant des pieds en passant devant le commissariat, oui, non, la peur nous tenaillait. Finalement, le non l'emporta en espérant que nous en resterions là. Et les semaines passèrent, tout doucement, nous apprenions à oublier cette série "d'incidents", nous n'étions plus harcelées et nous étions convaincues d'avoir fait le bon choix.

Au bout de deux mois tranquilles, nous jetâmes les vieilles lettres anonymes.

La vie reprit son cours, comme toujours, les révisions, les copains, les soldes, et j'appréciais désormais cette routine comme jamais encore. Un matin, j'étais plutôt en retard, et ma vieille voiture semblait plutôt de mauvaise humeur, impossible de la démarrer.

Je regardais ma montre, avec les bus, je manquerai la majorité des cours c'était sûr, Camélia était déjà partie, la journée s'annonçait mal. Je me cognais la tête contre le volant, soudain, quelqu'un frappa à ma vitre : c'était Cyrrius. Il ne manquait plus que ça, je descendais ma vitre. « Tiens, ça fait un bail dis donc ! On dirait que je tombe à pic, tu veux que je te dépose ? » me lança-t-il l'air jovial.

J'aurais dû dire non, j'aurais dû trouver une excuse quelconque, mais je n'étais pas douée pour mentir et encore moins pour improviser.

J'acceptais donc de monter dans sa voiture, un véhicule plutôt récent et un peu coûteux pour un étudiant à priori mais je ne voulais pas me lancer dans une discussion.

Il me raconta tout de même qu'il avait quitté la fac parce qu'une occasion formidable s'était présentée à lui, il était devenu le commercial numéro un d'une multinationale récemment implantée dans la région et il louait un appartement avec terrasse à deux pas du mien.

Je ne relevais pas, pressée d'en finir quand même, il ne se déboulonna pas, il lui en fallait plus.

Je descendis en lui faisant un signe de la main. Nous ne nous revîmes plus, ni les jours suivants, ni les semaines suivantes non plus. Je ne le soupçonnais plus, il avait mieux à

ire, un vrai travail, loin des petits étudiants, je devais cesser d'y penser une fois pour
outes.

e ne parlais pas de cet événement à Camélia, je ne voulais pas raviver nos inquiétants
ouvenirs et de toute façon, ça n'avait pas grande importance au fond. Il était arrivé au
on moment, il n'avait pas du tout l'air d'un psychopathe qui s'infiltre en douce dans
es résidences de ses ex-copines.

C'était plus sûrement un étudiant de notre étage qui s'était joué de nous et qui devait
amuser à nous voir nous décomposer de jours en jours… Mais bon, le passé, c'est le
assé, je rejoignais mes amis après les cours.
Mais le soir, en descendant du bus, je retombais sur lui. C'est vrai qu'il avait dit vivre
ans ce même quartier, donc, je n'aurais pas dû être surprise. Pourtant je l'étais. Il me
alua gentiment, et j'eus soudain très honte de toutes les obscures pensées que j'avais
ues à son sujet, je lui proposais donc de lui offrir un café pour le remercier de m'avoir
épannée et il accepta sans se faire prier.

En entrant dans l'appartement, il sembla sidéré, regardant tout autour de lui comme
'il s'était trompé d'adresse. « Ouah, c'est très différent de ce que tu aimais dis-donc,
'est Camélia qui a choisi la déco ? Ironisa-t-il.

 mon tour d'être étonnée, je ne lui avais pas dit que j'avais emménagé avec elle :
Mais comment tu sais ça toi ?
Ma question sembla le désarçonner un court instant, puis il se ressaisit :
C'est Tania, une fille qui était en cours avec moi l'année dernière qui m'a dit que vous
viez emménagé ensemble, je n'y croyais pas trop parce qu'elle est un peu bizarre
uand même, mais bon, tu fais comme tu veux ».
Cette dernière phrase jeta un froid, je servais un café à peine tiède, il détestait ça, mais il
e dit rien. Camélia rentra à son tour, et en voyant mon ex-copain, elle manqua de
éfaillir. Elle se prit les pieds dans ses chaussures, se rattrapa de justesse sur le banc à
entrée et s'affala sur le sofa en s'écriant : « Mais qu'est-ce qu'il fout là ? ».

Je lui expliquais rapidement nos deux rencontres fortuites, elle lui jeta un regard noir,
baissa les yeux en s'excusant de nous avoir dérangé et partit aussi vite qu'il était venu.
S'ensuivit une forte dispute entre nous deux, elle me traitait d'inconsciente,
d'irresponsable, je la traitais de paranoïaque en retour. Elle ne croyait pas du tout à ces
coïncidences » et trouvait extrêmement grave que je le fasse entrer chez nous. Elle ne
démordait pas de sa première impression et les dernières lettres anonymes restaient
clairement gravées dans sa tête.

C'était lui et personne d'autre, elle en était persuadée. Je ne sais pourquoi ni
comment, mais alors même que sa présence du matin m'avait mise mal à l'aise, et que ce
soir, son discours avait fini par m'irriter, je prenais sa défense face à ma meilleure amie,
qui elle, ne m'avait jamais déçue !

Elle alla dans sa chambre en claquant la porte, je me retrouvais toute seule dans le
salon, à me demander comment la journée avait pu dégénérer aussi vite.

Le lendemain matin, Camélia était déjà partie à mon réveil, c'était la première fois
que nous nous quittions fâchées, j'avais une drôle d'impression, un certain malaise.

Je décidais d'attendre la pause déjeuner pour l'appeler, elle aurait eu le temps de se
calmer et après tout, je comprenais qu'elle ne veuille pas de lui chez nous. Je n'allais pas
le laisser gâcher notre amitié.
Je n'eus pas le courage d'aller en cours, je restais là, avachie dans le canapé en regardant
en boucle des séries en attendant midi.

Dès que l'heure sonna, je me précipitais sur mon téléphone : une fois, deux fois, trois
fois. Elle ne répondait pas. Je rappelais une quatrième fois pour m'excuser et la priais de
me rappeler, on passerait une soirée sympa entre filles pour se réconcilier, je pourrais
commander son plat préféré.

Mais la journée défila sans rappel.

Le soir arriva, pas elle. Je commençais à m'inquiéter. Ses cours étaient finis depuis
longtemps, elle ne tardait jamais en semaine, elle ne m'avait pas répondu, voulait-elle

me faire mariner ou voulait-elle me montrer qu'elle ne me pardonnait pas ?
La nuit tomba. Son repas était froid. Je regardais par la fenêtre, pas une âme qui bouge.

Je fouillais dans mon portable à la recherche de quelqu'un qui étudie avec elle, je tombais sur celui de Paul. Il ne l'avait pas vu de la journée, j'étais incrédule, elle s'était levée de bonne heure et n'aurait jamais manqué un cours sans une bonne raison, alors une journée entière ! Je songeais au prénom que Cyrrius avait cité la veille, cette fameuse Tania qui lui avait dit que Camélia avait emménagé avec moi, elles devaient donc se connaître. Je demandais à Paul s'il avait son numéro ou s'il savait où je pouvais la trouver : il ne connaissait aucune Tania. Là, j'avais dû mal comprendre.

La nuit passa, effrayante. Le lendemain, toujours sans nouvelles, je dus me résoudre à prévenir ses parents, ne sachant quoi faire d'autre.
Consternés, ils firent la route jusqu'à la résidence, trois heures de route pour questionner la gardienne, les étudiants au hasard…On voyait des agents de police sillonner le campus, tout le monde était sur les nerfs.

Je leur racontais ce qui s'était passé la veille, elle était partie avec son sac de cours, mais rien n'avait été retrouvé : ni son sac, ni son portable, rien… C'était comme si elle avait disparu de la surface de la terre.

Des semaines, des mois, passèrent. Ses parents finirent par venir vider sa chambre et récupérer ses affaires à l'appartement. En les voyant si tristes, si malheureux, je me sentais fautive d'être là.
Mais la réalité me rattrapa très vite. Sans Camélia, l'appartement n'était plus dans mes moyens, à cette époque de l'année, trouver un studio ou même une chambre était mission impossible, je devais me résoudre à passer une annonce pour trouver une nouvelle colocataire.

Cela me déchirait le cœur, parce que cela revenait à admettre que Camélia ne reviendrait jamais. Je ne pouvais pas admettre ça.

Je dus afficher une annonce sur le campus, mais en cours d'année, tout le monde avait déjà son logement, on m'appelait pour l'année suivante, cela ne m'arrangeait pas du tout. J'avais une relation compliquée avec mes parents, ils m'avaient adoptée à l'âge de dix ans, il fallait que je les appelle mon oncle et ma tante.

Cela paraissait étrange à tout le monde, j'étais certes assez grande pour comprendre que j'avais été adoptée mais ne pas pouvoir prononcer les mots maman et papa m'a fait souffrir toute ma vie. Encore aujourd'hui.

J'étais entourée de leurs filles biologiques à longueur de temps, j'entendais « maman » et « papa » toute la journée…Je ne me sentais pas leur égale, à tort ou à raison, je me sentais être la cinquième roue du carrosse, en permanence.

Malgré tout, mes parents m'avaient déjà avancé pas mal d'argent, la situation devenait gênante, je recevais des relances pour le loyer, l'électricité, l'eau, et j'avais des ouvrages coûteux à acheter.

Ne pouvant pas le faire, j'allais étudier à la bibliothèque, ces livres n'étaient volontairement pas empruntables, l'avantage était que j'y avais accès, l'inconvénient c'était qu'il fallait arriver tôt pour être sûr de ne pas être devancé.

Cette logistique devenait compliquée et une chose ajoutée à une autre, je me retrouvais dans une situation intenable financièrement et psychologiquement.

Un soir, je reçus un appel, c'était Cyrrius. Il voulait me parler. Je n'en avais pas du tout envie, mais il insista toujours très gentiment.

J'acceptais donc de le recevoir un moment. En entrant, il me prit dans ses bras, je fondis en larmes.

Une fois calmée, il commença à me parler de Camélia, il me raconta à quel point sa disparition l'avait retourné, il avait fait des recherches de son côté, avait présenté sa photo dans les rues tous les week-ends, sans succès.

Il s'inquiétait beaucoup désormais, si une fille pouvait disparaître en plein jour, le quartier n'était pas aussi sûr qu'on le croyait alors.

Il me conseillait de me dépêcher de trouver une colocataire, il disait que ça le rassurerait de ne pas me savoir seule.

Je lui expliquais ma situation, l'échec de mes recherches et l'angoisse que je ressentais à chaque fois que je passais devant la chambre de Camélia.

Il parut touché et me promis de regarder de son côté s'il pouvait me trouver quelqu'un de fiable. Mais il était tard maintenant, et je me sentais coupable de le laisser repartir à cette heure, il me répondit qu'il n'habitait pas loin, alors j'allais lui ouvrir la porte, quand il se plia en deux brusquement.

J'accourais vers lui, il grimaçait de douleur :

 « Qu'est-ce que tu as ?

-Je ne sais pas, j'ai très mal à l'estomac, il faut que m'allonge ».

Je le conduisis à la chambre de Camélia, il s'allongea sur son lit en fermant les yeux. J'allais lui chercher un verre d'eau et lorsque je revins, il dormait à poings fermés.

Le lendemain matin, à mon réveil, il était déjà debout, frais comme un pinson. Mon petit-déjeuner m'attendait sur la table et il s'affairait à faire le ménage. Je pris une douche, histoire d'avoir les idées plus claires, ou du moins, moins sombres. Il s'excusa de m'avoir inquiétée, il allait mieux, il devait partir au travail. Il proposa de me déposer mais j'avais fait réparer ma voiture depuis.

La journée démarra donc ainsi, étrangement.

Mais je ne trouvais toujours pas de colocataire, j'allais me faire expulser de l'appartement, une camarade de classe avait proposé de m'héberger dans son studio, on serait à l'étroit certes, mais je pourrais continuer les cours et payer ma part.

Un autre soir, je croisais Cyrrius sur mon parking en rentrant de la faculté, cela devenait une habitude.

Cette fois-ci, je ne lui proposais pas de monter, mais comme il voulait parler, je suggérais le petit café du coin de la rue. Nous y allâmes, il me racontait à quel point son nouveau travail était génial, qu'il gagnait bien sa vie, qu'il songeait à partir en Australie l'été prochain, que son patron et ses collègues l'adoraient, qu'on lui laissait beaucoup d'autonomie, bref, qu'il avait eu raison d'abandonner les études, ça n'était pas pour lui.

Je l'écoutais d'une seule oreille, j'aurais préféré rentrer chez moi et me reposer un peu. Mais je ne dis rien.

Au bout d'un certain temps, il me demanda comment j'allais, je lui expliquais que j'allais vivre chez Marie jusqu'à la fin de l'année universitaire.

Il parut choqué par cette nouvelle. « Marie, la grosse aux cheveux roses ? ».

Je le regardais en face cette fois, je ne comprenais pas pourquoi il parlait d'elle comme ça alors qu'il savait bien que c'était une excellente camarade, que j'avais l'habitude de passer du temps avec elle et qui plus est, elle m'accueillait généreusement chez elle.

Il se reprit alors : « Mais non, je rigole, c'était pour détendre un peu l'atmosphère, c'est très bien si tu vas chez elle ».

Je m'absentais pour aller aux toilettes et en revenant, je jetais un œil à ma montre, et je me décidais à partir, j'avais des révisions à boucler.
Mais il insista pour que je finisse mon cappuccino, j'aurais juré l'avoir fini, mais la tasse devant moi disait le contraire. J'avalais le restant d'une traite, pressée de rentrer.
Au bout de quelques mètres dehors, je commençais à ressentir de fortes douleurs à l'abdomen, puis je me mis à vomir dans le talus.

J'étais très contrariée, j'avais encore du travail, il me rassura en m'expliquant que si je dormais maintenant, je pourrais me lever tôt pour terminer mon travail, mais là, dans mon état, je ne ferais rien de bon. J'acquiesçais, qu'aurais-je pu faire d'autres ? Je sentais déjà le sommeil m'emporter loin, très loin…

Je ne me réveillais pas avant onze heures, en colère d'avoir raté mes cours, mais contente d'être à nouveau en forme. Je ne comprenais pas ce qui m'était arrivé, je n'avais pourtant rien mangé !

Cyrrius n'était pas parti. Je lui reprochais de ne pas m'avoir réveillée, il rétorqua que j'étais épuisée et que l'important, c'était la santé, un cours pourrait toujours se rattraper.

Il n'avait pas tort au fond, mais son manque d'assiduité personnelle n'en faisait pas une référence non plus. Pourquoi n'était-il pas au travail ? Son patron le laissait organiser son emploi du temps à sa guise, pourvu que l'argent rentre, disait-il.

Mais très vite, j'eus à nouveau mal au ventre et Cyrrius trouva un médecin qui se déplaçait, chose devenue rare.

J'eus droit à une ordonnance longue comme le bras, une prise de sang et la consigne de rester couchée au moins deux jours en listant l'évolution des symptômes.

Cyrrius paya le médecin, alla à la pharmacie et proposa de jouer au garde-malade.

J'étais touchée, mais je devais faire mes valises et contacter le propriétaire pour lui rendre les clefs. Il balaya cette hypothèse d'un revers de main. « Tu ne peux pas faire quoi que ce soit dans cet état, ne soit pas ridicule. Je vais prendre soin de toi, je crois que tout ça, c'est un signe, ajouta-t-il.

Un signe de quoi ?

Il s'assit près de moi, les yeux exorbités :

-Tu ne dois pas rester seule, Camélia disparaît, sûrement victime d'un psychopathe, elle a dû agoniser dans d'atroces souffrances, et là tu ne trouves personne pour la remplacer, tu me croises par hasard, et je te soigne, qu'est-ce qui te serait arrivé si tu étais restée seule hier soir ? Et si ça se reproduit ? Et si le malade qui a tué ta copine rôde toujours par ici, tu crois que c'est Marie qui va lui faire peur ? ».

Personne n'avait jamais osé évoquer clairement la mort de Camélia. Ce fut un choc de plus.

Il enchaîna en expliquant que Marie était peut-être gentille mais trop bavarde, qu'on serait à l'étroit, qu'elle risquait de me faire rater mon année. Il proposa de devenir mon nouveau colocataire, en ami.

Il allait régler l'arriéré et s'arrangerait auprès du propriétaire pour qu'il renonce à l'expulsion.

Je lui parlais de son propre logement, il fallait qu'il fasse un préavis, mais il ne se formalisa pas. Il n'y avait pas de problèmes, il connaissait du monde, tout allait bien se passer, il fallait juste que je donne mon feu vert. Ce que je fis. Instinctivement, cette nouvelle me soulagea, car tout de même, il avait réussi à vraiment me faire peur.

Et il tint parole, je restais dans l'appartement, il emménagea dans la chambre de Camélia et mes parents étaient stupéfaits, ils avaient fait une croix sur Cyrrius qui n'avait été que de passage, et là, il vivait avec moi ! Je les rassurais, l'année finirait vite je trouverais une autre solution pour la prochaine année.

Toujours très attentionné, Cyrrius proposa d'inviter mes parents afin que tout soit bien clair, il ne voulait surtout pas que l'on se fâche. Je proposais alors qu'il invite aussi ses parents, par correction. Il resta d'abord silencieux avant de dire que c'était une bonne idée.

Je rassurais mes parents, tout irait bien, et compte-tenu de tout ce qui venait de se passer, c'était probablement une bonne chose que Cyrrius s'installe là. Au moins, je le connaissais, même si nous avions rompu brutalement, ce n'était pas pour une raison grave, et je me sentais à nouveau en sécurité, c'était vraiment l'essentiel.

Beaucoup de filles ne sortaient plus le soir, allaient en cours au moins par deux, c'était toute une organisation. Tout le monde espérait secrètement le retour de Camélia, que les choses reviennent à la normale, qu'il y ait une explication.

Ce qui me contrariait tout de même, c'était le manque de compassion de Cyrrius, passés les premiers jours, il s'agaçait que je parle d'elle, de ses habitudes, de l'importance qu'elle avait dans ma vie.

Il disait que je n'arriverais à rien dans la vie, que personne ne me ferait de cadeaux, qu'il fallait que je me concentre sur les personnes qui m'entouraient encore et que j'oublie les autres. Ces mots étaient très durs et il les formulait comme une évidence.

Progressivement, après avoir passé x nuits à pleurer Camélia, je commençais à me dire qu'il avait peut-être raison. Je devais tourner la page. Mais comment ?

Le soir du fameux dîner familial arriva. Mes parents sonnèrent vers dix-huit heures jamais en retard.

On commença à déguster les apéritifs en se racontant tout et n'importe quoi, la soirée s'annonçait bien.
A dix-neuf heures, je m'inquiétais de ne pas voir ses parents à lui, Cyrrius semblait nerveux, il regardait sa montre encore et encore, se servait un verre, puis un autre. A un moment, ma mère lui demanda si ses parents avaient appelé, il regarda son portable et dit que oui, il avait un message. Il quitta la pièce pour l'écouter.

Il revint peu après en nous demandant d'excuser ses parents qui ne pourraient pas être là, sa mère avait fait un malaise et était à l'hôpital. Nous étions très gênés par cette nouvelle, et lui était ailleurs. Il préféra partir pour être auprès de son père et la voir au plus tôt le lendemain. Mes parents trouvèrent sa démarche juste et avisée. Je leur proposais de dormir sur place cette nuit sur le sofa du salon. Ils acceptèrent.

Le lendemain matin, nous étions dimanche, nous nous réveillâmes tous assez tard et vers onze heures nous étions encore au petit-déjeuner. Grande surprise, Cyrrius était déjà rentré !

Mes parents et moi nous regardâmes, étonnés.

« Mais, tu ne voulais pas voir ta mère ce matin ? Demandais-je

-Si, répondit-il, je l'ai vu très tôt, elle va mieux, elle voulait que je rentre vite pour être en forme au travail demain ».

Et il alla dans sa chambre dont il ne sortit plus de la journée, il ne le fit qu'en soirée pour dire au revoir à mes parents.

Je me posais des questions, ses parents vivaient à deux heures de là, pour être revenu à onze heure, il avait dû partir vers neuf heures, donc à quel moment aurait-il donc bien pu parler à sa mère ?

Cette question tournait dans ma tête, mais je ne la lui posais pas, cela ne me regardait pas après tout. Mais ce doute formait une ombre au tableau qu'il avait esquissé dernièrement…

Les années passèrent doucement, notre colocation avait perduré naturellement, j'obtins mon diplôme final et je cherchais ma voie.

Cela n'était pas une chose facile, il y avait tant de personnes expérimentées au chômage…

Beaucoup d'étudiants comptaient sur le stage de dernière année pour garder un pied dans le monde de l'entreprise. A juste titre d'ailleurs. Une banque du centre m'avait acceptée et j'avoue que je mettais beaucoup d'espoirs dans cette perspective, mon tuteur m'avait bien notée et m'avait expliqué qu'il préféré recruter des personnes qu'il avait formé lui-même et que j'avais toutes mes chances

J'en avais parlé à Cyrrius, il ne parut guère emballé par l'idée. En revanche, il posa beaucoup de questions sur mon tuteur : son nom, à quoi il ressemblait, où il vivait etc…

Deux semaines s'écoulèrent ; deux étranges semaines à vrai dire.

Mon tuteur d'ordinaire plutôt jovial s'était mué en un personnage sombre et distant.

Avec moi du moins. Je le voyais se rapprocher d'une autre étudiante qu'il n'appréciait guère jusque-là, cependant, c'était désormais à elle qu'il confiait les tâches les plus importantes.

J'hésitais à aller le voir pour lui en parler, il prenait tellement de distance que je ne voyais pas comment aller vers lui, je me faisais peut-être des idées, c'était peut-être une de ces stupides techniques de management destinée à tester les candidats…

Le stage prit fin. Il ne me dit même pas au revoir.

Je rentrais en pleurs cette fois, je ne comprenais rien à ce qui m'arrivait

Je n'osais même pas le dire à mes parents, ils étaient tellement sûrs que tout allait bien se passer. Comment faire pour rentrer chez eux maintenant ? Qu'allais-je devenir ?

Cyrrius rentra étrangement tard ce soir-là, il me trouva les yeux bouffis devant la télévision. Je lui racontais les récents événements, il ne parut guère surpris, il ajouta qu'il n'avait jamais pu « sentir ce type », que c'était sûrement mieux comme ça, que je trouverais mieux et que cet imbécile s'en mordrait les doigts. Peut-être, mais en attendant, je me trouvais en fâcheuse posture, j'avais pris un engagement pour un studio en ville, le propriétaire m'avait fait confiance pour me le réserver et j'avais déjà versé un acompte.
Cyrrius temporisa en disant qu'il nous restait quelques semaines d'ici là, que l'on ne sait jamais ce qu'il peut se passer. De toute façon, j'étais trop épuisée pour réfléchir, je tombais dans les bras de Morphée.

Les jours suivants, j'épluchais les petites annonces et préparais en même temps mes cartons.

Cyrrius se rendit incroyablement disponible, il prit des jours de congés pour me remonter le moral et progressivement, nous nous remîmes en couple naturellement, sans trop y réfléchir.

Nous étions sortis ensemble sans cohabiter, puis nous étions devenus colocataires sans être ensemble, là, il semblait que la fatalité nous poussait à poursuivre notre chemin ensemble.

Il me proposa de nous installer dans le studio que j'avais choisi, le bail resterait à mon nom mais comme je ne travaillais pas, il réglerait les charges en attendant que je puisse y contribuer aussi.

J'étais assez gênée, je ne voulais pas avoir l'air d'être une profiteuse, et puis, je ne savais pas combien de temps cette situation pouvait durer.

Mais il insista et insista encore, si on se séparait maintenant, on risquait de se perdre pour de bon cette fois, il fallait rester ensemble coûte que coûte.

Je cédais, après tout, le studio du centre-ville était idéalement situé pour trouver un emploi, et apparemment, Cyrrius gagnait bien sa vie, ce n'était donc pas un sacrifice de sa part.

Je l'annonçais à mes parents, je n'ai jamais su ce qu'ils en avaient vraiment pensé en fait.

L'installation fut rapide, le studio était déjà meublé.

Cyrrius travaillait dur, il se levait tôt, rentrait tard, toujours souriant, souvent avec une petite surprise, une idée pour casser la routine, il s'inquiétait que je rumine toute la journée, c'était vraiment touchant.

Enfin, le grand jour arriva : mon premier vrai contrat et dans une grande banque en plus !

J'étais aux anges, enfin une bonne nouvelle !

Il m'invita dans un restaurant très chic pour fêter l'événement et enfin je commençais à me dire que ma vie prenait un vrai tournant, j'allais pouvoir réaliser tous mes rêves un par un.

J'étais très emballée et je pensais en premier lieu que l'on pourrait se marier.

Je commençais à feuilleter les magazines de mariage, à recenser les lieux de cérémonies possibles et en bonne comptable, je me préparais à budgéter tout ça.

Un week-end, je m'installais face à lui avec tout mon dossier, sortant mes bulletins de salaire, mes relevés bancaires en expliquant mon projet. Tout allait à peu près bien, jusqu'à ce que je lui demande de sortir ses relevés à lui afin que l'on voit comment épargner pour le mariage, mais aussi pour avoir un apport pour réduire le coût de la maison que j'avais toujours rêvé d'acheter. D'un coup il se braqua, dit que ses parents rendraient en charge tout le mariage et pour la maison, il n'était pas question de parler épargne. On avait le temps.

J'étais complètement interloquée, qu'est-ce que c'était que cette histoire ? On verrait plus tard, chaque chose en son temps… Je lui faisais remarquer qu'il se permettait bien d'ouvrir mes relevés bancaires et que moi je n'avais jamais vu les siens, sur ce, il s'emporta et sortit.

Pour ne pas envenimer les choses, à son retour, je ne reparlais plus budget. Mais régulièrement, la question se posait et nous nous disputions, je le trouvais irrationnel, il n'y avait pas moyen de discuter argent, il ne projetait rien concrètement, il avait de grands projets, de grandes idées, mais ce n'était que des paroles, il ne matérialisait rien, dès que je parlais de concrétiser quelque chose, il s'énervait et se braquait, cela n'avait aucun sens pour moi. Ces conversations qui tournaient en rond me rendaient folles.

Mais quelques semaines après ce premier accrochage, j'eus un nouveau sujet de préoccupation qui éclipsa le précédent. Je reçus une lettre lapidaire dans laquelle mon futur employeur, cette fameuse banque, se rétractait juste avant la fin de ma période d'essai et retirait son offre d'emploi au profit d'une candidate plus qualifiée. J'étais anéantie. Cyrrius fut là pour moi, comme d'habitude.

Il faisait tout pour me changer les idées. Il me rassurait, dans quelques mois, un recrutement de comptable serait ouvert dans sa société et il me recruterait, ayant été promu, on ne sait comment ni pourquoi d'ailleurs, directeur des ressources humaines, c'était la moindre des choses.

Il fallait que je patiente encore un peu, quelques mois après le mariage. En attendant, je travaillais dans une pizzeria, un travail ingrat mais temporaire. Je devais donc me concentrer sur le positif.

Sa mère devait nous accompagner, ma mère et moi dans la course à la robe de mariée. La tradition voulait que ce soit la famille du marié qui prenne en charge cet achat. Mon fiancé m'avait donc tranquillisé sur cette grosse dépense. Mais la veille de notre sortie, ma belle-sœur m'appela, le soir bien sûr, pour m'annoncer que ses parents s'étaient faits cambriolés et qu'ils ne disposaient plus de leurs moyens de paiement. Elle ajouta qu'ils me rembourseraient plus tard, qu'il fallait que je paie ma robe et que je n'en parle surtout pas à Cyrrius.

Evidemment, je lui en parlais, il ne crut guère à cette histoire et sortit pour appeler ses parents, passablement en colère. Mais je pris sur moi afin de ne pas gâcher la journée et je payais ma robe et mes accessoires.

Autant vous dire que le remboursement ne fut pas des plus spontanés, Cyrrius leur hurla dessus au téléphone tous les week-ends jusqu'à ce qu'ils s'exécutent : décidément, ça commençait plutôt mal. Les préparatifs du mariage se poursuivaient, je n'étais au courant de rien, ou presque, sa famille gérait tout, je ne connaissais que le lieu et sans y être allée d'ailleurs.

Le jour J, il pleuvait un peu, signe de bonheur chez certains, je dirais aujourd'hui que c'était plutôt une avance sur les larmes que j'allais verser toute ma vie.
La fête se déroulait dans un somptueux château, avec des centaines d'invités inconnus pour la plupart et dont un certain nombre allait dormir sur place.

Je me tournais à un moment vers mon mari, lui demandant qui allait payer ces nuitées et quel était leur coût. Il détourna le regard sans dire un mot.

Nous étions sous les feux des projecteurs, tout le monde nous regardait, je n'allais pas faire de scandale, il le savait bien.

A la fin de la soirée, nous prîmes de somptueux escaliers qui menaient à une non moins superbe chambre d'époque, avec une belle cheminée, un décor de rêve… Décor qui n'eut guère d'effet sur monsieur qui semblait abattu et s'endormit avant que je n'ai eu le temps de me brosser les dents.

CHAPITRE 2
LA LUNE DE MIEL

Après le mariage, tout le monde part en lune de miel, on choisit un endroit romantique, coupé du monde, on y pense des mois et des mois à l'avance, on veut que tout soit parfait pour ce moment unique.

Tout le monde, sauf nous. Il n'avait pas voulu mettre d'argent de côté pour ça, il avait même refusé catégoriquement de consacrer ne serait-ce qu'un bref instant aux catalogues de voyages que j'avais rassemblé, il s'était contenté de répondre « on verra ça plus tard ».

Donc effectivement, je n'étais pas étonnée de ne pas avoir de surprise de retour à la maison. En revanche, le comportement de Cyrrius changea radicalement après la cérémonie.

Il avait été trop fatigué pour la nuit de noces et celles qui suivirent d'ailleurs, il s'isolait, après le dîner, il courait se coucher en surfant sur son portable comme si sa vie en dépendait.

Je restais devant la télévision, seule, tous les soirs. Et le pire, c'est qu'au fil des semaines, je commençais à m'y habituer, m'habituer à l'inacceptable.

Sombre erreur, et ce n'était là qu'un début hélas.

La semaine, il rentrait tard parce qu'il avait trop de travail, le week-end, il était devenu évanescent, un véritable courant d'air : je passais mes journées libres seules, il rentrait déjeuner en début d'après-midi sans prévenir, je prenais donc mes repas seule aussi.

Une routine triste et terne s'était installée.

Un matin, au travail, on me passa un appel. Au bout du fil une femme très en colère qui s'agitait beaucoup pour un lundi matin. Après un moment et une demande d'explications, je compris qu'un organisme me réclamait 10.000 euros que j'aurais empruntés il y a trois mois et que j'aurais arrêté de rembourser !!!!! Au départ, je répondis qu'il devait s'agir d'un homonyme, la secrétaire s'excuserait et voilà tout.

Sauf qu'elle cita mon nom de naissance, ma date et lieu de naissance, mon adresse, et là, le ciel s'obscurcit très vite.

Je n'avais rien emprunté, la seule explication viable était que mon mari avait emprunté en mon nom à moi seule et à mon insu, il avait photocopié mes documents personnels en mon absence, c'était sûr.

Je tremblais en raccrochant, comment avait-il pu me faire ça ? Qu'avait-il fait de cette somme ?

La journée semblait durer une éternité. A sa pause, j'essayais de le joindre sans succès, j'envoyais des messages restés lettre morte.

Le soir, je rentrais à la maison aussi vite que possible, lui ne rentra que bien plus tard encore.

J'étais à bout de nerfs, je lui racontais ma conversation et l'invectivais, comment avait-il pu me faire ça ? Se comporter en escroc avec sa propre femme !

Je voulais demander l'annulation du mariage, ma demande serait on ne peut plus légitime.

Il baissa la tête, se mit à pleurer en s'excusant : il avait fait ça pour financer le mariage parce que ses parents l'avaient laissé tomber au dernier moment, il voulait m'offrir un mariage à la hauteur de ceux de ses frères et il avait eu tort et le regrettait.
Vous comprenez maintenant que c'est au final moi qui avais réglé à mon insu le château, les nuitées de ses invités, etc…

J'étais très énervée, mais plus il parlait, plus ma colère semblait fondre comme neige au soleil.
Il me faisait pitié maintenant, les rôles s'étaient inversés.

Pourtant, s'il disait vrai, il aurait pu faire le crédit à son nom à lui seul, et même dans ce cas, cela impactait les finances du couple, il aurait dû m'en parler.

Mais la foi en l'amour est une sorte de maladie mentale dégénérescente, et plus elle vous prend jeune, plus elle est vorace. Probablement parce que l'on ne sait pas vraiment ce que c'est d'être amoureux, on est amoureux de l'amour, du concept idéal en fait, c'est ce qui conduit à une dépendance affective et qui dit dépendance dit toxicité.

Monsieur promit donc de régulariser la situation et se comporta en mari modèle quelques jours, histoire de noyer le poisson comme on dit familièrement.

Après quinze jours, il demanda à sa bien-aimée de l'aider à rembourser l'organisme de crédit, il assura n'avoir pas tout dépensé mais il ne voulait surtout pas qu'elle se retrouve interdit bancaire et je m'exécutais, plusieurs fois, lui versant régulièrement des sommes alors même qu'il prétendait n'avoir rien gardé de ce crédit : ni numéro, ni copie du formulaire : RIEN.

Et quelques mois plus tard, alors que je faisais les courses pour inviter ma famille à mon anniversaire, j'eus la surprise, une fois à la caisse, de voir la caissière appuyer sur un bouton rouge, dire au téléphone qu'elle avait un problème avec un chèque, elle m'ordonna de mettre mon chariot sur le côté et un vigile arriva.

J'étais perdue au milieu de toute cette agitation, je demandais ce qu'il se passait, la caissière m'ignorait déjà, je voulais seulement fêter mon anniversaire…

Je dus ressortir sous les regards moqueurs et désapprobateurs des clients en file indienne aux dizaines de caisses.

Une fois dans la voiture, j'appelais Cyrrius qui ne parut guère étonné, il assura qu'il allait tout arranger.

Il faut dire qu'il n'y avait qu'une seule clef de boîte aux lettres et c'était lui qui la conservait depuis le mariage, donc s'il y avait un problème, IL le savait pertinemment.

Pour mon anniversaire, je fis les courses en réglant en espèces, j'invitais mes parents et mes sœurs, mais la fête avait un goût amer. Je souriais, m'affairais, mais une petite flamme s'était définitivement éteinte ce jour-là.

J'appelais cet organisme, je lui écrivis aussi, mais n'eus aucun retour, du moins, à ma connaissance : j'étais désormais interdit bancaire pour un crédit que je n'avais pas souscrit, une somme dont je n'avais jamais vu la couleur et j'avais même déboursé de l'argent en vain.

Cyrrius n'en avait cure, il était « désolé » et s'agaçait que j'en parle et reparle.

Ma tête allait exploser.

Je mourrais d'envie d'en parler à mes parents, pour que le fardeau soit moins lourd, pour qu'ils me donnent des conseils, mais je mourrais de honte. Le comportement de mon mari était ignoble à bien des niveaux, et c'était moi qui avais honte et qui participais à jouer à la comédie du bonheur.

C'est certainement le piège psychologique le plus solide et le plus destructeur : l'inversion des rôles, l'acceptation de l'inacceptable et l'isolement.

Progressivement, insidieusement, je me retrouvais seule au milieu de tout le monde.

Mes parents avaient l'habitude de passer à l'improviste à la maison avant notre mariage, Cyrrius les accueillait toujours à bras ouverts, avec un large sourire, se pliant en quatre pour être aimable et mettre tout le monde à l'aise, tout le temps.

Le roi de l'humour, pour qui rien n'était jamais grave, un grand optimiste devant Eternel, décidément, j'avais de la chance.

 Mais après avoir officialisé la chose, les choses se corsèrent.

Et cela a duré des années, je pensais que notre mariage serait la consécration de notre amour, que notre vraie vie allait enfin commencer…Ce fut certes une consécration, mais pas celle que j'attendais…

Il n'y avait pas d'amour, c'est une sombre erreur de se mettre en couple jeune, car on ne sait pas encore vraiment qui on est soi-même, on croit aimer quelqu'un alors que ce que l'on aime, c'est l'idée d'être amoureuse, ce qui n'a rien à voir, mais rien à voir du tout.

Et c'est ce faux-départ qui alluma la mèche de nombreuses années de drames, de tragédies, de crises auxquelles je fis face avec un incroyable optimisme que je maudis aujourd'hui.
Ce sentiment imbécile qui vous fait croire que tout va forcément s'arranger parce que vous êtes quelqu'un de bien et que l'univers va tout remettre en ordre lors du passage d'une étoile filante, d'une éclipse ou d'un petit lutin éventuellement. Mais ce jour n'arrive jamais.

La seule personne qui peut vous sortir de là, c'est vous, et à ce moment-là, vous regarderez autour de vous et vous retrouverez toutes les personnes dont il vous a privées toutes ces longues années, et vous comprendrez que certes, le temps a passé, mais aussi que d'une certaine façon il est resté figé. En parallèle, vous découvrirez aussi le vrai visage des personnes que vous avez soutenues dans la douleur et qui ne vous ont pas accordé un regard quand votre tour est venu. Pire, elles vous ont calomnié et ignoré afin de mieux servir leurs intérêts immédiats.

Et pourtant, la première fois que l'on a signé notre bail de location, j'étais aux anges.

L'appartement était très mignon, plutôt petit, certes, mais il m'avait promis de nous acheter dans quelques années une petite maison pour que nos futurs enfants puissent jouer avec leurs camarades. Il avait un bon travail, ses collègues l'appréciaient beaucoup d'après lui, il gérait les ressources humaines pour une grosse entreprise. Il fallait posséder de sacrées qualités pour toujours trouver une solution à tant de problèmes, mais il ne parlait pas trop de son travail.

Moi, j'avais mon diplôme de comptabilité, mais je n'avais toujours pas trouvé de travail correspondant à mon profil. J'avais espéré un temps qu'il me fasse entrer dans son entreprise, mais c'était hors de question. Il refusait catégoriquement d'envisager la question, alors que durant nos fiançailles, il m'avait rassurée en me promettant de me recruter à un poste d'assistante-comptable. Je ne comprenais pas ce revirement, à plusieurs reprises, je tentais de remettre le sujet sur le tapis : sans résultat. Je dus donc me résoudre à conserver ma place dans cette pizzeria, en attendant mieux …En revanche, après notre mariage, sa présence à la maison continua à se faire de plus en plus rare. Il y avait toujours une réunion tard le soir, parfois je ne l'entendais même pas rentrer.

La journée, il partait tôt, souvent avant que je n'aie le temps de sortir du lit, il ne m'appelait jamais. Puis, il commença à m'appeler à l'heure du déjeuner. J'eus tôt fait de regretter l'époque où il ne le faisait pas…

Il s'énervait lorsque je ne décrochais pas tout de suite, parce qu'il avait un métier lui, il ne pouvait pas attendre. Il n'appelait pas pour prendre de mes nouvelles, ça non alors. avait toujours un problème. Il ne supportait soudainement plus ma famille, mes amies, tout le monde était coupable de quelque chose, personne ne trouvait grâce à ses yeux.

Il s'énervait tellement lorsque quelqu'un m'appelait pour passer me rendre visite, il voulait que je trouve une excuse, idem pour ne pas aller chez eux, il fallait être brève, qu'ils s'habituent à trouver porte close pour « nous foutre la paix ».

Et c'est ce qui se passa, progressivement, et innocemment d'abord, puis, de façon automatique. Parfois, il envoyait des textos de mon portable pour refuser une invitation il disait que je ne savais pas mentir, qu'on allait finir par croire que c'était lui qui m'empêchait de les voir, et il ne fallait surtout pas que cela se sache, il devait garder une image lisse, que personne ne puisse rien lui reprocher directement. Un vrai homme quoi.

Ainsi, mes débuts de femme mariée furent charmants :
Un jour, sa voiture faisait un bruit bizarre et il fallait que je lui trouve un rendez-vous dans un garage rapidement, avec un devis le moins cher possible, et à des horaires plutôt improbables. Un autre, il avait oublié sa carte bancaire et en avait besoin absolument, il aurait pu rentrer pendant sa pause-déjeuner, la récupérer, mais cela aurait été trop simple. Non, il exigea que je lui donne le code de ma propre carte bancaire, il me rembourserait le soir-même sans faute : en parfaite épouse, je m'exécutais, je voulais que ça marche.
Ou encore, il avait une réunion dans une autre région et il avait oublié de réserver sa place sur le site de la SNCF, il me donna ses accès à son compte SNCF pour que je règle les billets aller-retour, parce qu'il n'avait plus le temps de le faire. Il avait un métier, lui.

Ses appels commencèrent progressivement à avoir lieu à n'importe quelle heure de la journée, mon patron, mes collègues et les clients n'appréciaient guère.
Surtout qu'il prenait un malin plaisir à appeler aux heures les plus critiques pour un restaurant, je ressentais une oppression permanente, des douleurs abdominales, les mains qui tremblent.

Un jeudi, il m'appela dès l'ouverture pour se plaindre que je n'avais pas assez fait cuire le poulet la veille au soir, et qu'il fallait que je fasse plus attention parce que cela pouvait le rendre malade, et qu'il avait un travail, lui. Je ne trouvais pas spécialement que le poulet était cru mais il ne souffrait plus la contradiction, une banale discussion dégénérait en une fraction de seconde, avant que j'aie pu comprendre de quoi il retournait. Je mettais mon portable en vibreur, signe d'après lui que j'avais des choses à cacher, je devais aller aux toilettes pour décrocher discrètement, l'ambiance était devenue pesante et cela allait crescendo.
Le vendredi, il m'annonça à treize heures sur mon répondeur qu'il avait invité à dîner son assistante et qu'il fallait que je passe chez le traiteur et que je rende la maison nickel.

J'étais au travail et je ne terminais pas avant 20 heures, il le savait bien. Je tentais de le joindre à mon tour, il avait éteint son portable. Je passais l'après-midi la boule au ventre, si son dîner était raté il serait furieux, c'est sûr. Mais je ne pouvais pas quitter mon travail comme ça, il y avait les commandes téléphoniques à gérer, les commandes en salle, aider à la cuisine…Vers dix-huit heures, il daigna me rappeler pour me dire qu'il était dommage que je ne puisse pas « l'aider pour une fois », mais bon, il allait s'arranger sans moi. Et il raccrocha. Aucune allusion à mes messages, rien. Il allait donc manger chez nous seul avec son assistante en semaine pendant que moi, je travaillais. J'étais sidérée, pas pressée du tout de rentrer même. Quand j'eus terminé mon service, je pris ma voiture qui refusa de démarrer.
Un collègue me proposa de me ramener, j'acceptais.

Arrivée en bas de l'immeuble, je levais les yeux vers la fenêtre du salon et je le vis qui m'observait à travers les rideaux. Je montais rencontrer la fameuse assistante qui avait visiblement bien pris ses aises en mon absence.
A contrecœur, je m'excusais de ne pas avoir pu me libérer, elle esquissa un sourire et changea de chaîne. Cyrrius s'avança vers moi et me souffla discrètement :
« Vas te changer, tu me fous la honte ». J'allais donc me changer sans bien savoir quelle était la tenue adéquate en cette occasion qui n'en n'était pas une pour moi. Etant donné qu'ils avaient déjà dîné, je préférais dire que j'avais mangé au travail pendant ma pause. Mon ventre gargouilla toute la soirée, mais personne ne l'entendit. Ils étaient trop occupés à ricaner, à se raconter des histoires de bureaux, que je me demandais si je n'étais pas devenue invisible.

La soirée me parut interminable, mes paupières se fermaient toutes seules. Enfin, la princesse se décida à émerger du canapé, monsieur la raccompagna, au cas où elle se serait fait dévorer par un Alien dans les escaliers certainement.
Il ne laissait jamais rien au hasard. Et les au revoir prirent un temps certain, mais c'était compréhensible, elle avait tellement de conversation cette assistante-là !!!Il finit par remonter, je m'étais couchée, il était minuit passé, ma journée avait été infecte, à cause

de lui, comme toujours maintenant.

Je commençais à tomber dans les bras de Morphée quand je sentis mon corps chuter brutalement. J'ouvrais les yeux, toute endolorie : Cyrrius se tenait debout face à moi, le visage fermé, le regard noir, fixe. « C'était qui ce type dans la voiture ? ».

Je lui expliquais ce qui m'était arrivée, mais ça ne l'intéressait pas du tout, il me hurla : « T'es une pute pour monter dans les voitures comme ça ? T'es en panne, je m'en fous, tu rentres à pied ou tu rentres pas, mais me refais pas ce coup-là, tu entends ? ».

J'étais pétrifiée, en état de choc. J'avais du mal à croire ce qui venait de se passer.

Il termina en me donnant deux coups de pieds dans les côtes et sortit de la maison.

Je me levais lentement, m'appuyant péniblement sur la commode, atterrée.

Le téléphone sonna. Qui pouvait bien appeler à cette heure-là ? Je tombais sur le lit, pris une grande respiration avant de décrocher : ouf, ce n'était pas lui.

C'était ma voisine, elle savait que je ne travaillais pas le matin et voulait savoir si je pouvais recevoir le plombier à sa place, c'était un de ses amis et il venait d'accepter de venir tôt en apprenant qu'elle venait de constater un dégât des eaux. Evidemment, j'acceptais, elle me laisserait sa clef avant de partir travailler, son mari ne travaillait pas mais il se rendait chez le médecin.

Elle trouva ma voix étrange. Je la rassurais, j'avais juste été surprise par la sonnerie, tout allait bien.

J'allais dans la salle de bains, j'avais une grosse marque rouge qui me faisait très mal, à coup sûr demain elle se transformerait en gros hématome. J'étais épuisée par le stress de cette journée, le malaise de cette soirée et ce dernier épisode m'avait achevée…Je me couchais et m'endormis aussitôt, comme foudroyée. Vers deux heures du matin, je me réveillais brusquement, par réflexe, je regardais à côté de moi : il n'était pas rentré. Mais je n'arrivais pas à me rendormir, j'avais l'impression de vivre un cauchemar, je ne savais quelle attitude adopter.

Je me tournais et me retournais dans mon lit, sans parvenir à trouver le sommeil. J'avais de plus en plus mal, j'allumais la lumière pour mieux voir : le rouge commençait déjà à virer au violet. J'allais à la boîte à pharmacie mais je n'avais rien pour ça. Je pris de la glace au congélateur en espérant calmer la douleur et réduire la trace de coups. Je retournais au lit. Je ne sais pas à quelle heure mes paupières purent enfin se fermer, mais quand on sonna à la porte de bon matin, j'avais l'impression de m'être à peine assoupie.

Ma voisine était là. En me voyant, elle parut consternée. Ma tête devait faire peur … Je la rassurais en expliquant que j'avais passé une mauvaise nuit mais que tout allait bien. Elle partit. Je pris ma douche, remis du fond de teint sur l'hématome, avalais un café noir avant de commencer à faire le ménage, comme un robot, sans réfléchir. La matinée fila sans que je ne m'en rende compte, il était déjà l'heure de me préparer pour aller travailler.

J'allais à la salle de bains pour me coiffer : j'avais une mine affreuse. Je posais de la glace sur mes cernes, me recouvrais le visage de fond de teint, les joues de blush rose pour avoir bonne mine et terminais par un rouge à lèvres rosé. La nuit semblait presque effacée, seul mon regard me trahissait, mais qui allait me regarder dans les yeux ? Ma voiture était en panne, je devais donc prendre plusieurs bus pour arriver à la pizzeria à l'heure, si mon mari était là, il aurait pu me déposer, peut-être…

Mais à quoi bon rêver, il fallait que je me bouge et que je trouve un moyen de remorquer la voiture vers un garage, je n'avais pas d'assurance panne, seul Cyrrius en avait une.

Arrivée au travail sous le regard inquisiteur de mon patron, j'arrivais à parler de mon souci à mes collègues et Ethan proposa de me remorquer puisqu'il n'était pas de service ce soir. C'était une chance inespérée, je lui laissais mes clés et lui conseillais de la déposer dans un garage proche de chez moi, je les contacterais pendant ma pause. J'étais soulagée tant il est difficile de ne pouvoir compter que sur soi, tous les jours, alors que l'autre compte sur vous en permanence pour tout. Je terminais ma journée tranquillement, sans joie mais sans problèmes supplémentaires, ce qui me suffisait déjà amplement. En revanche, je jetais un œil sur ma montre : vingt heures. Dans une heure, je terminais mon service, je devrais rentrer à la maison, en partie à pied, parce que peu de bus circulaient à cette heure-là. Je terminais de laver le sol de la cuisine avant de me diriger vers mon vestiaire comme un zombie. Puis, je saluais mes collègues qui devaient assurer la fermeture, et je me dirigeais vers la sortie, d'un pas lent, comme on va à l'échafaud, en colère mais résignée. Il pleuvait des cordes, le vent était de la partie, je 'avais pas de capuche, mais c'était le cadet de mes soucis. J'allais rentrer à la maison et quoi ? Monsieur serait-il là ? Qu'allait-il dire ? Qu'allais-je dire ?

Brusquement, je sentis quelqu'un m'agripper par l'épaule, glacée de peur, je me retournais et vis …Ethan !« Je n'allais pas te laisser rentrer à pied ! », dit-il dans un sourire. Il me raccompagna chez moi et j'hésitais à tourner la clef dans la serrure. Je n'avais aucune envie de parler à Cyrrius, je n'avais rien à lui dire et ce qu'il trouverait comme excuse ne m'intéressait pas non plus.

Je pris une grande inspiration et poussais la porte. Le salon était rempli de fleurs, de bougies allumées dans une ambiance tamisée digne des films les plus romantiques. Une nappe blanche en dentelle recouvrait la table et les serviettes étaient élégamment disposées.

Je posais mon sac, soulagée d'éviter une nouvelle crise, j'allais enlever mon manteau quand je le vis face à moi, le visage fermé, le regard noir : « Je croyais avoir été clair hier, non ? » Je ne comprenais rien à ce qu'il me disait. « Je t'avais dit de ne plus te faire raccompagner, t'es complètement cinglée ma pauvre ! Qu'est-ce que vont dire les voisins ? Ça t'amuse de faire la traînée tous les soirs ou quoi ? » Je n'en revenais pas. Je ne comprenais pas. Il empoigna mes cheveux et me mit le nez sur la table : « Tu vois tout ça, je l'avais préparé pour toi, mais tu ne le mérites pas, tu n'es qu'une sale garce ! ». Il cogna mon visage contre la table et souleva ma tête brusquement avant de tirer sur la nappe d'un coup sec et de jeter à terre tout ce qu'il y avait disposé.

Il termina en mettant un coup de pied dans les bougies qui enflammèrent le rideau et quitta la maison en claquant la porte. J'eus juste le temps d'étouffer l'incendie avant de m'effondrer au sol en pleurant. Qu'est-ce qu'il venait de se passer ? Comment une personne aussi attentionnée, gentille, avait-elle pu se transformer en ce monstre froid ?

On dit toujours que chaque problème a une solution et que s'il n'y a pas de solution, c'est qu'il n'y a pas de problème.

C'est très rassurant comme concept, ça donne du baume au cœur et de l'énergie pour la journée

Le mental, c'est hyper important, c'est un peu la colonne vertébrale de notre vie. Dès qu'on a le cafard, madame sciatique arrive et fait le bonheur du généraliste, des spécialistes, du pharmacien et des laboratoires pharmaceutiques par la même occasion.

Donc oui, on essaie de garder le moral.

Les jours passaient, insipides. Je me fanais sans m'en rendre compte, je perdais le goût la vie, je me laissais aller…

J'avais perdu énormément de poids, j'étais épuisée physiquement et moralement. Il s'était accaparé ma carte bancaire, dès qu'il pensait que mon salaire avait pu être viré, il me sortait du lit à minuit pour que l'on aille au distributeur. Si on était le 28, il partait du principe que je devais recevoir mon salaire le 29, il fallait donc être devant le distributeur juste après minuit… Nous marchions à vive allure dans le noir, dans le froid en hiver, et si l'argent était rentré, il me faisait retirer le maximum la nuit, et je devais trouver un prétexte quelconque pour m'absenter du travail le lendemain matin retirer le reste à l'agence en ne laissant que le montant du loyer et des autres prélèvements.

Il me faisait grâce d'une petite somme qu'il nommait mon argent de poche.
A la maison, les placards étaient vides, il n'avait jamais d'argent pour les courses, je rentrais souvent pour manger du thé avec des biscottes sèches.

Où allait l'argent du ménage ? Toute discussion finissait en bagarre.

Il disait que c'était de ma faute, que tout était de ma faute. Il dépensait sans compter parce que je l'embrouillais, je me plaignais tout le temps, je ne faisais jamais les choses comme il le fallait, je l'épuisais.

Et puis un jour, je remarquais du sang dans mes selles, mais cela m'était bien égal, je me fichais bien de tomber malade, pourvu que cela finisse vite, je ne voyais pas le bout du tunnel et je n'attendais plus rien de ma vie.

Je me sentais de plus en plus fatiguée, mais personne ne le remarquait.

Un soir, nous étions dans le salon, devant la télévision, et je me sentis partir, je m'évanouis.

Mais Cyrrius n'appela pas les secours, il attendit que je me réveille, de longues heures après… il s'agaçait : « Mais qu'est-ce qui t'arrives encore ? ».

Il était parti récupérer du jus d'orange et de la viande chez les commerçants du quartier, il me prépara un bon dîner : il ne fallait pas perdre la poule aux œufs d'or je suppose.

Nous étions vendredi, il décida d'un coup qu'il fallait aller à l'hôpital, mais pas avec sa voiture, je risquais de me trouver mal dedans, et la mienne était de mauvaise humeur. Je dus donc prendre sur moi et sortir à pied pour marcher jusque l'arrêt de bus.

Et puis il s'arrêta net : « Non, on est vendredi, ça va nous porter la poisse si on va à l'hôpital aujourd'hui, on ira demain ! ». Je fis donc demi-tour. Je m'endormis toute habillée, crevée.

Le lendemain, évidemment, pas de visite à l'hôpital, à mon réveil, il était déjà sorti et en rentrant, il fit comme si de rien n'était, me regardant quand même du coin de l'œil comme une bête curieuse.

Les jours continuèrent de passer, inexorablement. J'étais de plus en plus fatiguée, dès le réveil, je sentais que mes jambes avaient du mal à soutenir mon corps. Aller travailler dans ces conditions était devenu un véritable supplice, mais je m'y étais faite.

Une nuit, à trois heures, je fus réveillée par d'atroces douleurs abdominales pensais-je, et puis je me rendis compte que j'expulsais des litres de sang mêlés à une sorte de chair, et puis la douleur s'arrêta.

Je me levais pour mettre une protection. Cyrrius, d'ordinaire au sommeil tellement léger qu'on se demandait s'il était vraiment humain, Cyrrius ne cilla pas, il ne bougea pas. Je n'osais pas le réveiller. Je me rallongeais, pensant que la crise était passée et que j'irais consulter le lendemain.

Mais la crise n'était pas passée : de violentes contractions s'emparaient de moi avant une nouvelle expulsion, une pause, et tout recommençait. Je n'aurais jamais imaginé ressentir une telle souffrance. Cyrrius dormait toujours, lui qui d'ordinaire a le sommeil si léger.

Au fil des heures, j'avais épuisé mon énorme stock de protections et je vidais mon dressing pour éponger cette hémorragie.

A sept heures du matin, son réveil sonna, il se leva, alla aux toilettes, à la salle de bains, s'habilla, passa une bonne demi-heure devant le miroir, prit son petit-déjeuner, tout ça avant de venir me voir pour me dire « C'est quoi tout ce sang ? ». Je me sentais coupable d'avoir sali toute la maison parce qu'il y en avait clairement partout : je m'étais vidée toute la nuit dans d'atroces souffrances et j'avais honte d'avoir sali le sol ! Il décida qu'on allait prendre le bus pour aller à l'hôpital.

Pourquoi n'a-t-il pas appelé les secours ? Je l'ignore. Peut-être qu'un psychiatre pourrait répondre à cette question.

En revanche, à la question, pourquoi n'a-t-il pas pris sa voiture, je connais la réponse : je l'aurais salie. Quoi qu'il en soit, je dus marcher pendant plus d'un kilomètre, avec des contractions et l'hémorragie qui se poursuivait. A l'arrêt de bus, il ne dit pas un mot, jusqu'à ce que le bus approche. Là, il me souffla : « Ne montre pas que tu as mal, je connais le chauffeur ».

Je balbutiais donc un « bonjour » et j'allais au fond du bus, heureusement quasi-vide à cette heure-là.

Lui, resta près du chauffeur à discuter, je l'entendais rire et lui expliquer qu'on allait rendre visite à quelqu'un à l'hôpital.
Moi je me tordais de douleurs, j'essayais de ne pas trop montrer ma souffrance, quand le bus arriva enfin, mon siège baignait dans le sang…

Il prit le temps de saluer tranquillement son « ami », et descendit par l'avant du bus tandis que je descendais par l'arrière. Enfin arrivés à l'accueil, l'infirmière remarqua le sang qui tombait, elle me demanda si j'avais une protection, je lui expliquais, on me monta immédiatement dans une chambre en me donnant des protections XXL.

Les heures continuèrent à s'écouler, vers dix heures on me donna un cachet et on me dirigea vers le bloc, j'attendais là, allongée sur un brancard dans une couverture de survie, dans un couloir, gelée et me tordant de douleur, cela faisait si mal que je me redressais à chaque contraction. Un infirmier passa par là et me voyant ainsi, il avertit les infirmières qui se racontaient leur week-end au bloc, l'une d'elle répondit que le médecin avait été bipé et qu'on m'avait administré un anti-douleur.

Il repartit. Et revint un moment plus tard, visiblement agacé, je l'entendais s'énerver en répétant : « Mais bipez le docteur, la dame a trop mal !».
Et le docteur vint, on me mit sur la table, on me couvrit le visage d'un masque, je ressentis un soulagement immense, et je pus enfin m'endormir, oublier cette douleur. Après la salle de réveil, j'eus la visite d'un médecin qui m'expliqua que tout s'était bien passé. Mais que c'était-il passé en fait ? J'avais fait une grossesse molaire complète, une forme de cancer rare de sorte que bien qu'il n'y ait pas de bébé dans votre ventre, des cellules placentaires se développaient monstrueusement vite. C'est ça que j'avais expulsé pendant plus de six heures : du placenta.

J'étais atterrée, je n'avais jamais entendu parler de cette pathologie.

Le médecin me dit que j'avais certes perdu beaucoup de sang mais que j'avais évité de justesse la transfusion, il me tendit un arrêt de travail de trois semaines.

J'allais devoir faire des prises de sang hebdomadaires afin de vérifier que les hormones continuaient bien de descendre et tout devrait rentrer dans l'ordre. Cyrrius arriva pour la fin de la conversation.

Inquiète, je demandais quelle serait l'alternative si tel n'était pas le cas. Il me répondit que dans ce cas, il resterait une cure de chimiothérapie. Je commençais à pleurer, je ne comprenais rien à ce qui m'arrivait, mais le docteur était déjà loin. Cyrrius me somma d'arrêter de me donner en spectacle.

Je m'habillais et me préparais à sortir. Une fois rentrée, en bus bien sûr, je m'allongeais sur le canapé, j'étais au moins contente d'avoir ces trois semaines de repos. Mon téléphone avait sonné pendant tout le trajet : c'était ma mère, il coupa le téléphone.

Après une courte sieste, Cyrrius m'apporta une tisane, fait exceptionnel, il s'assit et me dit tout simplement : « Je pense qu'il vaut mieux que tu n'utilises pas l'arrêt de travail, on va perdre beaucoup d'argent et on a les impôts en retard ».

Je ne m'attendais pas à ça. Je ne sus pas quoi répondre d'abord, puis je réagis en arguant que lui travaillait et que ma perte de salaire était quand même gérable, mais il s'agaça en répétant que je ne comprenais rien. Je m'exécutais.

Nous étions vendredi, j'avais demandé à ne pas travailler le week-end et dès lundi je repartais. En bus.

Mes collègues étaient stupéfaits, j'étais blanche comme un linge ou comme un cadavre au choix, j'étais aussi très faible, je n'osais pas dire que j'avais été opérée et que j'étais en convalescence, d'ailleurs, mon patron ne me demanda rien.

Les jours se suivaient et se ressemblaient, je prenais deux bus pour aller travailler, Cyrrius ne me déposait pas, il ne me récupérait pas non plus.

Je faisais mes prises de sang, tout allait bien, je serais bientôt guérie. J'étais toujours suivie à l'hôpital, le médecin me dit un jour qu'il fallait que je reprenne la pilule car toute grossesse risquerait de relancer les cellules cancéreuses.

Là encore, je m'exécutais. Quelques jours après, je faisais ma prise de sang : le taux de HCG remontait à toute allure. Je crus à une erreur. Je demandais à passer à deux prises de sang hebdomadaires, on m'expliqua que dans ce cas elles ne seraient pas remboursées, je m'en fichais bien. Chaque nouvelle prise de sang immortalisait la montée en flèche des hormones.

Au laboratoire, l'homme qui me prit en charge ce jour-là me demande ce qui
m'arrivait, je lui expliquais brièvement, et quand il apprit que l'on m'avait remise sous
pilule, il baissa la tête, accablé, en répétant : "on vous a remis sous pilule ?", comme si
cela lui rappelait une autre histoire.

Paniquée, j'arrêtais la pilule, la croyant responsable de ce revirement soudain et
concomitant. De toute façon je ne risquais clairement pas de tomber enceinte. Mais la
courbe continuait de s'envoler, je laissais x messages au secrétariat du médecin pour
alerter, sans réponse.
Et puis un jour, la secrétaire m'appela en plein travail pour me dire de venir sans délai.
Je pensais à lui demander de me préparer un justificatif pour mon employeur.

Une fois arrivée, pour une fois, je n'eus pas à attendre. Grave, le médecin m'annonça
que mes analyses posaient problème, je l'interpellais sur le rôle de la pilule, il répondit
« on en reparlera plus tard », ce qui signifiait, avec le recul, « ne me cassez pas les pieds
avec vos histoires ».
Le protocole serait mis en place par un organisme unique spécifique pour tout
l'hexagone et appliqué à l'hôpital, on me recontacterait pour m'expliquer. Point.

Le soir arrivé, j'expliquais à Cyrrius ce qui m'était arrivée, cela l'agaça et il rétorqua
que j'avais toujours des problèmes avant de ressortir aussi sec.

Je restais plantée là, seule dans un océan de pensées.

Je reçus ce fameux protocole, une injection en intramusculaire un jour sur deux à
l'hôpital, j'aurais pu demander à ce qu'une infirmière vienne le faire à la maison, cela
m'aurait évité des heures d'attente après une journée de travail, mais mon mari était un
véritable grippe-sous, il avait choisi une mutuelle très limitée et refusait de l'adapter
pour ça ».

Ce qui ne l'empêchait pas de fustiger ma maladie comme responsable de mon budget d'essence croissant : je n'oublierais jamais ce jour où je lui dis qu'il fallait que je passe à la pompe à essence et où il piqua une crise de nerfs en hurlant : « C'est de faute aussi, tu nous fais chier avec ta maladie ! ».

C'était donc ma faute maintenant. Je m'étais bien renseignée sur cette maladie rare et j'étais persuadée que les carences, la fatigue et le stress en étaient responsables, sinon j'aurais fait une simple fausse-couche.

Mais lorsque le médecin me demandait des détails sur ma vie la dernière année, je ne disais rien de ce que j'avais vécu, j'avais trop honte. On mettra cela au final dans la case « cause inconnue » ou « pas de chance ». Mais le hasard n'avait rien à voir là-dedans, je le savais, et mon mari le savait aussi.

La différence, c'est que moi, je devais occulter cette pensée pour survivre, alors que lui n'en avait cure.

Ce fut donc ça ma vie, aller travailler comme si de rien n'était, faire la queue à l'hôpital car il n'y avait pas de rendez-vous pour mon cas, je devais attendre mon tour devant l'infirmerie. Parfois, pour gagner du temps sur la soirée, sachant que le traitement me fatiguait beaucoup et que je tombais de sommeil à peine à dix-neuf heures, j'y allais durant ma pause déjeuner. Mais selon l'affluence, j'attendais souvent pour rien et je devais revenir le soir… J'essayais de m'arranger au mieux au niveau des horaires avec mes collègues pour éviter de dire à mon patron que j'étais malade : un spectacle d'illusionniste en permanence, sans les bravos. Sans aucun bravo. Il m'avait formellement interdit d'en parler à ma famille, car elle allait " envahir la maison et nous porter malheur".

Tous les quinze jours, j'appelais directement l'infirmerie afin d'avoir le bilan de la cure, à l'exception de la première qui avait été très encourageante, les HCG baissait un peu pour mieux remonter, mais le médecin disait que tout était normal. J'étais déprimée en permanence, mais je devais sourire au travail, écouter les faux problèmes des uns et des autres, servir les clients, écouter leurs récriminations imbéciles et attendre d'être seule pour pleurer.

Au bout de plusieurs mois, je pus financer enfin les réparations de ma voiture, ce qui me facilita grandement la vie.

Mais les mois passaient et ma santé ne s'améliorait pas. Le médecin m'avait bien répété « pas de pronostic ».

J'allais de moins en moins souvent chez mes parents. Un jour Cyrrius me dit qu'il fallait que je prenne le train pour aller les voir parce que sinon ils allaient se poser des questions. Il refusa que je prenne ma propre voiture, arguant que la route était dangereuse, (quarante-cinq minutes en campagne en fait) ! Mais je n'avais plus beaucoup d'argent, il me prenait tout, et je ne pouvais pas m'y rendre les mains vides.

Je réfléchissais, je lui fis part de mes réflexions, auxquelles il répondit que je n'avais qu'à frauder le train.

Cela me parut inimaginable, mais il s'agitait tellement dans tous les sens, tantôt criant, tantôt argumentant avec ses syllogismes, je voulais juste qu'il se taise.

Je partis, il me donna une heure maximale de retour.

Je passais acheter un bouquet de fleurs et une boîte d'assortiments de biscuits, et je me dirigeais vers la gare.
Mon cœur battait à cent à l'heure, comme si j'allais braquer une banque.
Je n'avais jamais fraudé, et je ne trouvais pas cela juste, je travaillais, d'autres ne travaillent pas et sont entretenues et tout le monde trouve cela normal, et moi, c'était l'inverse.

Je montais dans le train lentement, regardant partout s'il y avait des contrôleurs, à l'intérieur, je restais debout entre deux wagons : j'aurais eu trop honte de me faire verbaliser devant tout le monde. Soudain, la porte s'ouvrit : je vis deux contrôleurs arriver. Mon cœur faillit s'arrêter. J'étais là, avec mon bouquet de fleurs, sans titre de transport, à 10 minutes de ma destination… Ils me saluèrent, me dirent qu'il restait des places assises et …ne me contrôlèrent pas ! Une chance !

Le temps continua de s'écouler dans cette chaude ambiance teintée de glace.

Et le couperet tomba : je répondais mal au traitement, ma courbe était sans espoir, les cellules cancéreuses risquaient dorénavant de migrer dans les poumons et le cerveau.

On allait donc m'orienter vers un autre protocole rapidement, en attendant, je continuerais ma cure actuelle.

L'assistante du professeur du centre qui établissait le protocole m'appelait régulièrement pour commenter mes résultats et là, elle me préparait à la perte de mes cheveux.

 Elle m'expliqua qu'ils repousseraient, que l'essentiel était de rester en vie, que je pourrais avoir des enfants ensuite : j'étais effondrée, mes cheveux étaient un peu ce qu'étaient ceux de Samson pour lui, c'était très difficile d'entendre ça, de retenir ses larmes et de retourner parmi vos collègues qui vous critiquent parce qu'ils pensent que vous multipliez les pauses téléphone pour moins travailler...

A l'hôpital, l'infirmière me demanda en baissant la tête si on m'avait expliqué en quoi consisterait le nouveau protocole. Je répondis que non, mais son comportement fit naître le doute en moi. Il me rappelait l'épisode du laboratoire d'analyses médicales.

De retour à la maison, je me précipitais sur internet pour lire des témoignages d'autres malades. La découverte fut accablante : une hospitalisation avec un traitement lourd d'une durée indéterminée !

J'appelais la fameuse assistante qui tentait de me rassurer, je demandais à poursuivre le traitement actuel encore un peu, mais on me répondit que c'était impossible, qu'on m'avait laissé déjà plusieurs chances, j'aurais dû entrer en rémission après trois mois de cure en moyenne, la situation devenait dangereuse.

Je contactais mon médecin à l'hôpital, mais seul le centre décidait du protocole, l'hôpital ne faisait que l'appliquer.

Désespérée, je contactais d'autres hôpitaux et cliniques dans la capitale : même réponse lapidaire.

Je dû donc me résigner, je venais de faire ma dernière cure normale, lundi j'aurais les résultats et ensuite on programmerait mon entrée à l'hôpital.

Il me restait un week-end avant la décision fatidique.

Deux jours avant ma petite mort.

J'avais mis mes affaires en ordre comme on dit, préparer mon sac pour mon voyage d'agrément et je n'étais même plus en colère.

J'avais assez pleuré et réfléchi ces dernières années, ces derniers mois, ces dernières semaines puis enfin ces derniers jours.

Finalement, je comprenais que cela ne servait à rien de se battre, les dés étaient pipés à tous les étages.

Et puis au fond, je ne laisserais rien derrière moi, alors autant en finir, je n'étais ni amère ni en colère. Mais je ne me sentais pas prête à subir cette nouvelle épreuve et secrètement, j'espérais encore un revirement de situation, sans trop y croire.

Alors, je passais ces jours à oublier ma situation, autant que faire se peut, je louais des films, je lisais des magazines...

Le lundi arriva, comme d'habitude, je dus appeler plusieurs fois dans la journée pour finir par avoir mes résultats et l'incroyable arriva : mes hormones de grossesse avaient fondu comme neige au soleil, l'infirmière m'expliqua que cette baisse était vraiment significative.

Je n'en croyais pas mes oreilles. J'avais donc peut-être une chance finalement !

Je passais les jours suivants à essayer de joindre mon médecin et l'assistante du professeur. Mon médecin finit par me recontacter et je lui fis part de ma volonté d'insister en poursuivant cette cure en m'appuyant sur ces derniers résultats.

Il me dit qu'il allait en faire part au centre.

En revanche, ni l'assistante, ni le professeur ne reprirent contact avec moi. Les appels les mails si nombreux étaient devenus de l'histoire ancienne. Etrange.

Finalement, l'hôpital m'apprit que le centre validait la poursuite de la cure.

Et aussi fou que cela puisse paraître, chaque semaine, les HCG descendaient vertigineusement, jusqu'à disparaître. Je dus faire deux cures de sécurité et ce fut mon plus beau cadeau de Noël : j'étais officiellement guérie !

Je devais rester sous surveillance encore une année, voilà tout.

Ce qui était frustrant, c'était de ne pouvoir partager cette extraordinaire nouvelle avec personne, mais par ailleurs, je me sentais légère comme un papillon. Ce poids si lourd venait de s'envoler, l'impossible était devenu possible et je revoyais enfin la vie s'ouvrir devant moi.

Jamais, non jamais je n'oublierai ce sentiment indéfinissable que nul ne peut comprendre, à moins de l'avoir vécu.

J'annonçais tout de même la nouvelle à mon mari qui sourit, se dit soulagé, avant de retourner vaquer à ses occupations.

Qu'importe, j'étais guérie !

l'année de surveillance se déroula sans accroc, et dès le démarrage de la nouvelle année, je voulais essayer de retomber enceinte. Ce projet ne semblait guère enchanter ma moitié, il valait mieux attendre, c'était pour mon bien, et si je retombais malade, j'allais mourir à coup sûr, on pouvait très bien vivre sans enfant.

Mais ce qui joua en ma faveur, à défaut de fibre paternelle, c'est que ses propres parents le harcelaient pour devenir grands-parents, et à eux, il n'osait pas opposer d'arguments, et comme ma maladie était le secret le mieux gardé du monde...

Après quelques tests de grossesse négatifs, je finis par être enceinte. Bien sûr, il m'interdit d'en faire part à qui que ce soit, sa famille allait s'incruster et la mienne allait nous porter malheur... C'était dommage, mais je m'étais tellement habituée à vivre à sa manière, que j'acceptais la situation : rien ne pouvait me faire descendre de mon petit nuage. J'allais devenir maman, un petit être grandissait dans mon ventre à moi !

J'étais devenue intouchable, du moins, je le croyais.

Cyrrius ne s'intéressa pas le moins du monde à ma grossesse. Il ne m'accompagnait jamais aux visites à la maternité, et elles étaient nombreuses puisque je devais être sous une surveillance accrue, mais il faut dire qu'il avait une bonne excuse : il n'aimait pas les hôpitaux.

J'attendais des heures en salle d'attente, seule. Les autres futures mamans étaient accompagnées du futur papa, ou de la maman, ou d'une sœur ou d'une amie.

Moi, j'étais accompagnée de moi-même, seule avec mes angoisses, et si le cancer revenait ? Je n'avais personne pour me changer les idées, je lisais des magazines le cœur triste, toujours. Jusqu'à la délivrance, à savoir la fin de la visite sans accroc...jusqu'au résultat de la prochaine prise de sang, encore...

Le temps fit son œuvre, j'annonçais à Cyrrius que j'attendais une petite fille, je lui tendais une échographie qu'il refusa de regarder, "cela lui faisait peur".

A force d'insistance, je lui arrachais un bref regard, mais il ne put rien voir.

Il commençait à avoir des propos incohérents : "la vie avec des enfants, c'était la fin de la vie de couple". J'ignorais en fait que nous avions une vie de couple, je ne comprenais rien à ces propos, mais il les répétait jour après jour.

"On ne pourrait plus rien faire avec des enfants, ils seraient toujours sur notre dos", et la phrase la plus choquante je crois ; "le problème avec les enfants, c'est qu'ils parlent, ils répètent tout".

Il était loin le Cyrrius de l'université qui faisait des plans sur la comète sur le jour où il serait papa ! Il ne voulait pas être comme son père qui était un alcoolique incapable de prendre soin de son épouse et de ses enfants.

Et effectivement, il n'était pas comme son père, il fit bien pire…

Il imaginait des multitudes de soucis liés à la paternité, à aucun moment il ne s'est réjoui ou a eu des paroles positives pour sa fille. Jamais.

Mais là encore, je m'en accommodais. Je vivais ma grossesse seule.

Au bout de six mois et d'une quinzaine de kilos en plus, je fis un malaise un samedi où nous étions tous les deux à la maison.
Il me fit m'allonger sur le lit pour que je me repose un moment, il s'allongea lui aussi, et au bout d'une demi-heure environ, il se leva en disant que "c'était bon maintenant": il était l'heure que je prépare le dîner. J'étais très choquée. J'enfouis ce mal-être au fond de moi, il ne ressurgit que des années plus tard, après mon réveil.

Je n'avais le droit de parler de ma grossesse à personne, je n'avais plus d'amis grâce lui.

Cette période magique était gâchée par son aura, son énergie négative. Il n'était pas heureux de devenir père, mais il se sentait contraint par sa famille, il avait laissé passer les années, multipliant les excuses pour repousser le moment fatidique, il n'osait pas leur dire qu'il n'était pas fait pour ça, il devait préserver son image de mari modèle aux yeux de tous.

CHAPITRE 3
UN PERE SUR LE PAPIER

Et vint le jour de l'accouchement, lorsque les contractions se firent pressantes,

j'appelais mon cher mari pour qu'il m'amène à la maternité : il avait trop de travail, je n'avais qu'à appeler une ambulance. Je sus plus tard qu'il était dans un bar à ce moment-là.

Je fis le 15. Une hystérique chargée de filtrer les appels s'emporta, me demanda où était le père, me dit que si elle m'envoyait une ambulance elle me serait facturée, bref, un vrai dialogue de sourd !

Comme si je demandais la charité, alors que j'avais toujours travaillé et cotisé, jamais demandé une ambulance, pas même avec mon cancer.

Excédée, je pris donc ma voiture, heureusement que la maternité n'était pas très loin, j'aurais pu avoir un accident dans ces circonstances.

Le travail fut long, au bout de trois ou quatre heures, le brave papa arriva, il m'avait bien expliqué qu'il n'était pas question qu'il assiste à l'accouchement, il vint donc me voir, tout sourire devant le personnel.

Son sourire se figea tout de même quand la sage-femme lui tendit la blouse et le masque en refermant la porte : il n'osa évidemment pas lui dire ce qu'il m'avait dit et assista à mon long accouchement en serrant les dents.
Et enfin je pus monter à ma chambre avec ma petite merveille, monsieur partit dans la nuit sans me demander comment j'allais.
Mais je m'en fichais pas mal à vrai dire, j'avais une petite fille parfaite, je la regardais inlassablement toute la nuit, guettant le moindre de ses gestes, émerveillée.

Et le moment de la tétée fut la découverte d'un moment de paix et de béatitude indescriptible, le temps s'arrêtait.

Il m'appela tôt le matin, toujours pas pour me demander comment j'allais, toujours pas pour savoir comment sa fille allait, mais pour se plaindre de son soudain méchant employeur qui lui faisait des misères et de ses collègues stupidissimes. L'appel fut long, interrompu par les visites du personnel, par la tétée de bébé, mais à aucun moment il ne comprit qu'il gênait et qu'il aurait dû raccrocher.

Ma batterie se vidait et je n'avais pas mon chargeur, il s'énerva contre moi alors que c'est lui qui s'acharnait au bout du fil, il disait que s'il se passait quelque chose je ne pourrais pas le prévenir maintenant, bref, il oubliait sûrement que l'appareil avec un fil et des touches qui se trouvait dans toutes les chambres s'appelait aussi un téléphone. Je n'étais pas au bout de mes peines. Il vint m'apporter mon chargeur, ne voulut même pas porter sa fille, annonça qu'il était pressé, qu'il n'avait pas que ça à faire d'aller et venir dans un hôpital, et que j'avais intérêt à poser au personnel toutes les questions possibles pour tout savoir avant de sortir parce qu'il était hors de question que ma mère squatte à la maison sous prétexte de m'aider.

A la toilette des bébés, on nous montrait comment procéder pour le bain de bébé dans une grande salle. J'étais jalouse de ces mamans dont le compagnon assistait aux cours avec plaisir, ils aidaient leur compagne, le bonheur se lisait sur leur visage, ils étaient incroyablement...normaux.
Et puis, ce fut le retour à la maison.

Je ne trouvais pas plus de fleurs chez moi que dans ma chambre à la maternité, pas un petit cadeau, une petite attention, rien.

Cyrrius me dit qu'il avait envoyé un texto à mes parents pour annoncer la nouvelle, de mon portable bien sûr, et que lorsque ma famille viendrait, il faudrait que je m'en débarrasse vite. Quant à la sienne, elle ne se déplaçait jamais de toute façon, ses parents et ses frères et soeurs vivaient de façon étrangement recluse.

Ma famille vint donc, on me demanda évidemment pourquoi j'avais caché ma grossesse, on m'expliqua qu'on aurait aimé être là à la maternité etc...

Cyrrius me regardait avec de gros yeux et finit par laissait échapper : " Ne vous inquiétez pas, elle a lu des tas de livres, elle sait tout ce qu'il y a à savoir".

Mes parents se regardèrent, incrédules.

Je ne disais rien, accaparée par mon Trésor, loin des querelles intestines.

Il ne les invita même pas à dîner, ils s'éclipsèrent donc.

A chaque fois que quelqu'un proposait de passer, je devais avoir une bonne excuse pour refuser, afin "qu'ils ne prennent pas l'habitude de venir". Parfois, il envoyait des textos de mon portable à mon insu, sinon, il me dictait ce que je devais écrire parce que je me faisais toujours avoir.

La situation devenait explosive.

Il ne supportait pas que le bébé pleure la nuit, il se mettait à hurler et à pester jusqu'à ce qu'il parte au travail, ses hurlements faisaient encore plus pleurer la petite.

A la fin de mon congé de maternité, j'étais encore plus épuisée. Cyrrius ne m'avait été d'aucun secours, il ne touchait pas au bébé, ne rangeait pas la maison, ne faisait pas de machine, ne touchait ni à la vaisselle, ni à la cuisine.

Il se moquait de moi, de mon allure, il répétait que j'avais bien changé, que je ne m'occupais plus de moi, que je ne ressemblais à rien.

Le jour de mon anniversaire, il était fou de rage, il avait déjà passé la semaine à me prévenir que je pouvais préparer les pansements pour le week-end, je ne le pris pas au sérieux.

Et ce samedi, il se leva en exigeant que je lui donne le mot de passe de ma boîte mail, je refusais d'abord, puis il commença à saccager l'appartement, à dire que j'avais donc quelque chose à me reprocher. La petite hurlait, j'étais paniquée, pas un voisin n'osa intervenir.
Je lui donnais donc mon mot de passe.

Il se mit à scruter chaque mail en pleine hystérie, puis il me fonça dessus en me reprochant d'avoir converser avec une collègue pendant mon congé maternité en lui racontant que j'étais tellement heureuse de devenir maman.

Où était le problème, me direz-vous ? Eh bien, pour lui, cela revenait à dire à un tiers que mon mari ne me suffisait pas pour être heureuse et que j'avais besoin d'un enfant.

Il exigea que je lui donne Amanda qui était dans mes bras, je refusais.

Il dit alors que de toute façon il allait me frapper, alors il valait mieux qu'elle ne prenne pas le coup. Je m'exécutais. Lui aussi. Le coup de poing en plein visage était bien parti. Il quitta l'appartement après avoir préparé ma valise jetée dans l'entrée en me sommant de retourner chez ma mère sans ma fille.

Il ne s'excusa jamais pour ce geste.

J'eus très vite un bleu énorme que je dus maquiller lourdement, et je me demandais quoi faire. Je voulais partir loin, mais j'étais accablée par la honte de raconter tout ça à ma famille, et que se passerait-il pour Amanda, elle serait en garde alternée chez son père qui ne l'aimait pas et pouvait la tuer ?
Atroce dilemme, injuste conséquence du mariage. Il eut même le culot de me demander de répondre à mes parents qui voulaient m'apporter mon cadeau d'anniversaire de passer maintenant.

J'étais choquée, je trouvais cela impensable, mais il ne me laissa pas le choix, il ajouta que « sinon, ils allaient se poser des questions ». Ils vinrent donc, j'eus mon joli cadeau d'anniversaire, monsieur se répandait en salamalec, souriait comme un premier de la classe, animant la conversation comme seul un bonimenteur sait le faire. Et moi, je tenais

Amanda, elle faisait un peu diversion, je m'efforçais de sourire mais je n'ai jamais été bonne comédienne. L'atmosphère était pesante, mes parents partirent rapidement.

L'ambiance était devenue horriblement oppressante, il scrutait chacun de mes faits et gestes, il critiquait tout ce que je faisais, j'étouffais littéralement.
Mes plats étaient trop cuits ou pas assez, il se tordait de douleurs le soir en hurlant que j'avais voulu l'empoisonner... Avant de sortir faire les courses du samedi, il avait pris l'habitude de me dévisager de haut en bas, de critiquer tout ce que je portais jusqu'au maquillage et la coiffure, je devais me changer, nous partions plus tard, monsieur était en retard pour ses paris hippiques avec ses camarades piliers de bar, et c'était de ma faute. Encore.

Il sombrait progressivement dans la paranoïa, il était convaincu que la police avait placé des micros devant notre porte d'entrée, puis que le nouveau voisin avait placé des caméras à l'intérieur même de notre appartement parce que c'était évidemment un gros pervers et dans la continuité, ce même voisin était coupable d'avoir installé un brouilleur pour lui couper le Wi-Fi.

Aussi étrange que cela puisse paraître, il ne souffrait pas la contradiction, et le simple fait de vouloir lui expliquer que ses théories n'étaient pas plausibles engendrait une tempête tropicale à la maison : j'étais trop stupide pour comprendre, trop naïve, je faisais confiance à tout le monde... Je ne sais pas si je faisais confiance à tout le monde, mais ce qui était sûr, c'est que j'avais eu grandement tort de lui faire confiance à lui.

Je me retrouvais désormais dans l'œil du cyclone.

Il me redit ce qu'il m'avait déjà dit deux ou trois jours après mon retour de la maternité, à savoir que c'était à moi de me débrouiller pour les courses, qu'il s'était acheté une nouvelle voiture et qu'il ne voulait pas l'abîmer.

Je devais l'amener et le ramener à la gare comme avant. Je rétorquais que je n'allais pas réveiller un bébé à l'aube, l'habiller et le sortir pour aller à la gare, cela n'avait pas de sens, il n'avait qu'à prendre un vélo ou un scooter, nous n'étions qu'à dix minutes à pied de la gare !!!!

Finalement, il céda pour le matin, mais nous devions aller le récupérer tous les soirs, à des heures incertaines, toujours prévenues au dernier carat, coincées dans la circulation du centre-ville, sans possibilité de stationner, mais cela lui était égal, ou alors, bien pire, il se délectait de ma souffrance.

Malgré tout, je m'efforçais de me raccrocher à ma maternité enfin réalisée, à tout le bonheur qu'elle m'apportait, aux instants de complicité que je partageais avec mon bébé, moments dont Cyrrius ignorait jusqu'à l'existence. Pour lui, un bébé était synonyme de contraintes, de problèmes. Et c'est tout.

Douce ambition, mais c'est toujours plus facile à dire qu'à faire dans ces conditions-là. Quand on passe ses nuits à s'occuper de son bébé qui a faim, qui est mouillé, qui est malade, ou qui a juste besoin de sentir sa maman ou tout simplement parce qu'on a peur qu'il lui arrive quelque chose, qu'on ne dort que d'un œil et qu'au petit matin, il nous faut préparer tout son petit monde pour la nourrice ou la crèche, mettre en ordre la maison et aller travailler, là, c'est une autre histoire...

Ah oui, j'oubliais, si on pouvait se garder dix minutes à soi et ainsi éviter de partir avec le collant filé, du lait ou de la bouillie sur le chemisier et une coiffure de sorcière, ça serait aussi pas mal ! Mais ça reste une option en général...

Décidément, j'avais eu droit à tout avec lui.

Un soir, je m'étais arrêtée à la boulangerie en rentrant du travail, il y avait du monde et je me garais à la maison quinze minutes plus tard que prévu : je fus accueillie par un coup de poing qui me projeta contre le mur avec une violence que je n'avais vue jusque-là que dans les films.

Il courut vers mon dressing comme un échappé de l'asile sans sa camisole et le mit à sac déchirant et jetant mes affaires aveuglément en hurlant des inepties. Comme d'habitude.

Là encore, aucun voisin n'appela les secours.

Je songeais sérieusement à le quitter à ce moment-là, il me faisait peur, m'utilisait, ce mariage était vicié dès le départ.

Je pleurais, je regardais Amanda qui me fixait avec ses grands yeux, je ne savais que faire.

En grandissant, elle ne croirait peut-être pas ce que je lui raconterais, elle n'aura pas de souvenirs de cette période, et son père aurait de toute façon la garde alternée, il passerait sa colère sur elle, il suffisait d'un geste de trop pour qu'il ne la tue.

Toutes ces pensées se bousculaient dans ma tête.

J'appelais le médecin sans lui parler de ma réalité. Je m'étais bien maquillée pour cacher les bleus, je demandais un arrêt de travail parce que j'étais épuisée suite à ma maternité. Dommage que les arrêts pour épuisement dû au mari n'existent pas.

Mais cela ne s'arrêta pas là.

Un matin, après que la petite ait pleuré toute la nuit à cause de ses oreilles, je lui préparais un café crème au lieu d'un café noir : la tasse bouillante atterrit sur ma cuisse avant que je n'aie eu le temps de bien ouvrir les yeux.

Et quand la petite Amanda commença à faire ses premiers pas, comme tous les petits, elle tombait régulièrement.
J'avais réaménagé l'appartement pour limiter les risques de blessures, plus que beaucoup de parents même. Mais monsieur me trouvait irresponsable, il disait qu'il allait "chercher une autre bonne femme pour surveiller Amanda" puisque j'en étais visiblement incapable.
Et pour le premier anniversaire d'Amanda, j'avais choisi une jolie poupée qui parle, je l'avais emballée dans une ravissante boîte rose enrubannée comme dans un beau film de princesse.

Quand Cyrrius est rentré, il était passablement énervé, au milieu de ses gesticulations, je compris vaguement qu'il avait besoin d'un verre et qu'il n'y avait plus rien à boire « dans cette baraque ».

Il regarda la poupée d'un œil enragé et se mit à la déchiqueter avec une force disproportionnée. Je ne compris jamais pourquoi.

Notre fille se mit à pleurer de colère et c'est ainsi que commença et finit son premier anniversaire.

Je dus plus tard lui en racheter une et je la laissais jouer en l'absence de son père.

Quand il était là, je la glissais dans une boîte sous notre lit. Progressivement, cela devint un de nouveaux rituels : papa arrive, on cache la grande poupée, pourquoi ? On ne sait pas, on le fait, c'est tout.

Plus le temps passait, plus il se dégageait de ce qu'il lui restait comme responsabilité dans cette maison, il ne payait plus rien, même lorsque je faisais les courses, il avait poussé le vice jusqu'à ce se faire des courses dites personnelles qu'il réglait pour lui-même, je n'avais pas le droit d'y toucher.

En revanche, lui, avait accès à tout ce que j'achetais sans vergogne. Même les caissières et les clients semblaient gênés, mais pas lui, il restait fidèle à lui-même, poussant toujours le vice un peu plus loin.

Et puis, j'appris que mon père était atteint d'une maladie grave, il refusait d'aller le voir et m'empêchait d'y aller aussi. Il me culpabilisait en disant que les hôpitaux étaient des nids à microbes et que je mettais la vie d'Amanda en danger en allant le voir, j'étais vraiment une mère indigne.

Certains jours, il m'autorisait à y aller, seule. Sachant qu'Amanda était allaitée, qu'elle refusait catégoriquement le biberon, je ne pouvais pas me déplacer sans elle. J'utilisais même ma pause-déjeuner pour la faire têter à la crèche, il le savait bien.

Sa maladie était longue, il souffrit pendant quatre ans. Quatre années durant lesquelles je le vis à peine, passant comme un ouragan et repartant aussi vite dans l'incompréhension générale.

Et, jamais à cours d'idée, monsieur décréta que je ne devais plus sortir Amanda en dehors de sa noblissime présence.

Il prétextait x dangers, j'étais comme toujours inconsciente, irresponsable, il m'appelait n'importe quand pour savoir où j'étais, attentif au moindre bruit environnant.

Peu de temps après son dernier ultimatum, des lettres anonymes commencèrent à arriver à la maison. Courtes d'abord, me traitant de tous les noms, Cyrrius n'en finissait plus de me hurler que j'avais eu tort de ne pas l'écouter, que maintenant Amanda était en danger à cause de moi, que j'avais dû me faire remarquer par un malade.

J'étais terrorisée à l'approche de la boîte aux lettres, c'était lui qui conservait la clef depuis notre néfaste union, je devais attendre le soir pour connaître la sentence.

Et puis, les lettres se firent plus longues, plus personnelles, et je commençais à reconnaître
Certaines caractéristiques de son écriture. Excédée, je lui fis part de mes soupçons, il ne s'y attendait pas et quitta la pièce un moment en disant que c'était n'importe quoi.

Puis il revint me voir en hurlant que c'était inadmissible que je l'accuse etc….

Je lui dis donc que puisqu'il pensait que sa fille était en danger, il fallait que j'aille déposer les lettres au commissariat et porter plainte. Il s'insurgea contre cette idée, ce qui confirma mes soupçons. Il déchira les lettres comme un damné en répétant que j'étais stupide, que la police soupçonnait toujours le mari, que j'allais l'envoyer en prison.

Je conclus que si la moindre lettre arrivait encore, j'en ferais part au commissariat sans lui dire. Le message était clair cette fois, j'étais plutôt fière de moi. Il n'y eut plus de lettres anonymes à compter de ce jour.

Et puis, il y eut la période où il dut se plier à une cure de désintoxication afin de garder son emploi de directeur des ressources humaines.

Six mois durant lesquels je dus gérer seule la maison, les soucis, le budget serré en raison de ses dépenses inconnues qui nous mettaient de plus en plus sous pression, et surtout l'incertitude.

Allait-il vraiment ressortir meilleur ou frustré ? Allait-il replonger à la première occasion ? Il venait d'une famille où tous les hommes sont alcooliques de génération en génération, je ne le savais pas au départ.

En fait, il y avait beaucoup de choses que je ne savais pas au départ….

Comment faisait-il pour boire à mon insu ? Vous devez vous dire que mon quotient intellectuel doit avoisiner celui d'une mouche, et encore, une mouche très fatiguée après une bonne cure de sucre. Eh bien, depuis je me suis documentée, et il faut reconnaître que les derniers à repérer une addiction sont ceux qui vivent sous le même toit.

Les alcooliques, les drogués en tout genre, savent très bien donner le change, nous rouler dans la farine en abusant de notre confiance.

Je n'avais jamais vu une seule goutte d'alcool dans la maison, je n'avais jamais senti d'alcool sur lui, son comportement n'avait jamais prêté à confusion et ce, pendant des années.

Et d'un coup, on ne sait pourquoi, il a décidé d'étaler ses prises de guerre au grand jour, de mettre une à deux bouteilles de vin rouge sur la table avant le dîner en oubliant qu'à midi, on avait déjà eu droit à la compagnie des choppes de bières.

Le soir où il s'était fait contrôler en état d'ébriété et qu'il était rentré le lendemain seulement, tout volait sur son passage : c'était évidemment ma faute, tout était toujours de ma faute.

La casserole en laiton avait frôlé dangereusement mon nez, le miroir du couloir n'eut as cette chance. La star du jour marcha sur un des morceaux brisés, évidemment elle se blessa, évidemment c'était de ma faute, évidemment je me pris son poing sur le nez, et évidemment je n'avais pas intérêt à pleurer.

C'était devenu mon lot quotidien, des critiques, des humiliations. J'en arrivais à ne penser qu'à ça, à ce qui allait me tomber dessus à chaque instant.

Il n'y avait que lorsqu'il était à l'extérieur que je respirais un peu, je me sentais un peu plus libre de mes pensées, de mes actes.

Je pouvais écouter de la musique que j'aimais sans m'excuser parce qu'il raillait mes goûts.

Je regardais la télévision sans guetter son regard réprobateur, je gérais mon planning à ma convenance, sans exécuter ses ordres en permanence.

Lorsque l'heure de son retour approchait, je me surprenais à pâlir, à devenir irritable, à être incapable de me concentrer sur quoi que ce soit. Tous les jours se ressemblaient et j'oscillais entre espoir et désespoir.

Sa cure fut un grand succès selon les médecins. Leur patient était devenu responsable, il voulait sincèrement s'amender et avait eu un comportement irréprochable durant ces six longs mois.

Le sevrage était réussi et il allait rentrer à la maison et même reprendre son poste.

Rien là-bas n'avait filtré. Mon mari et son patron étaient de grands amis et il lui avait inventé une histoire d'opération du dos qui s'était compliquée, l'essentiel étant de le couvrir et de maintenir sa crédibilité.

Vous savez bien que les loups ne se mangent pas entre eux, du moins, pas tant qu'il reste un ou deux agneaux dans les parages…

Donc Cyrrius rentra chez nous.

Les retrouvailles ne furent pas très émouvantes, c'est vrai, mais les jours suivant furent plutôt sympathiques.

Il était littéralement sur un petit nuage, j'avais droit à des attentions oubliées depuis des lustres, Amanda pouvait jouer avec tous ses jouets : aucune récrimination sur le bruit, l'idiotie du jeu ou je ne sais quoi.

Il participait même aux travaux ménagers avec le sourire.

Il resta une bonne semaine à la maison, ne sortant que brièvement.

Puis il reprit le chemin du travail, un peu stressé, craignant que son secret n'ait été divulgué.

Il scrutait chaque salarié qu'il croisait, essayant de déceler de la raillerie ou toute autre expression péjorative.

Au bout de quinze jours, à tort ou à raison, il était convaincu que son ami l'avait trah la carapace qu'il avait su garder à l'extérieur toute sa vie était en train d'imploser…Il rentrait en racontant des colères qu'il avait piquées, il avait même été sommé de rentre chez lui quelques jours prendre du recul : le comble pour un directeur des ressources humaines.

J'étais consternée de voir tous ces efforts, ces espoirs encore réduits à néant.

Son travail était le dernier rempart de respectabilité qui lui restait.

Il se remit à boire durant cette pause, si tant est qu'il n'ait jamais vraiment arrêté un jou

Je fus victime de mon trop grand optimisme, je pensais que tout finirait bien parce qu'il m'aimait quand même et que ses réactions violentes allaient s'arrêter parce qu'il s rendrait forcément compte du mal qu'il me faisait, du mal qu'il nous faisait en fait…

J'avais trop honte pour en parler à ma famille, je vivais dans une réalité alternative je crois.

J'ai eu tort, si j'en avais parlé à mes parents dès le début, j'aurais pris conscience, en formulant le problème à haute voix, de l'incohérence de ma capitulation et du danger dans lequel ma fille et moi étions.

J'ai vraiment eu tort.

On croit voir en l'autre son propre reflet, on nous a tellement parlé d'âme sœur dans notre enfance, dans les dessins animés, les films, les séries, que l'on arrive à se convaincre, par je ne sais quelle déformation du cerveau, que les choses ne vont pas si mal.

N'assimile-t-on pas l'amour à la plus grande maladie mentale des humains, dixit Sartre ?

Cet état qui nous fait passer sans diagnostic préalable de l'euphorie à la dépression, qui pousse des hommes à tuer leur femme parce qu'ils ont l'impression de perdre le contrôle de celle qui fut leur « moitié » sur le papier du moins.

Qui guide celui qui en arrive à massacrer l'autre sous les yeux de ses propres enfants, sans la moindre hésitation, comme on brûlait les vilaines sorcières sur le bûcher au Moyen-Age, et parfois dans la foulée, extermine toute sa descendance avant de se rendre compte de son ignominie ? Quand c'est le cas.

Mais là, son courage s'arrête net, et bien souvent l'homme téméraire rate son propre suicide, pardonnez le pléonasme, et verse des torrents de larmes à l'arrivée de la police.

Voilà ce que l'on pourrait appeler le courage à géométrie variable je crois…

Mais il était directeur des ressources humaines, je songeais parfois à tous ces employés qu'il convoquait pour critiquer leur comportement, leur travail, leur éthique, leur manque d'esprit d'équipe aussi…

Si seulement ils savaient qu'ils avaient affaire à un pervers narcissique.

Pour un responsable de bureau, il ne rentrait jamais à la même heure, il ne prévenait jamais de son retard, il pouvait même revenir à la maison bien après l'heure de border Amanda, mais il n'avait pas à se justifier, il avait un VRAI travail, LUI.

En tous cas, il valait mieux que le repas soit chaud à son retour, quelle que soit l'heure, il aurait sûrement mieux fait d'épouser un médium.

Mais pour en revenir au présent, mon mari ne rentra pas le lendemain de son anniversaire. Ni les jours suivants.

Il changea de numéro de téléphone, le sien n'avait plus d'abonné, en bref, il disparut soudainement de nos vies.

Je me résignais donc à signaler sa disparition au commissariat mais compte-tenu des circonstances, cela relevait du départ volontaire et il n'y avait rien d'inquiétant aux yeux de la loi et donc pas de raison d'enquêter non plus.

Je ne savais pas quoi dire à Amanda qui le réclamait par moment. Alors, je lui expliquais que son papa avait dû aller travailler très loin. Bon, ça ne justifiait pas le fait qu'il n'appelle jamais, mais à trois ans, on ne maîtrise pas encore le langage tordu des adultes. A trente-cinq ans non plus pour être honnête.

A l'époque, j'étais toujours serveuse dans une pizzeria du centre-ville. Serveuse multifonctions en fait, je faisais partie des wonderwomen de l'ombre, qui trime la journée au travail en silence et qui enchaine le soir à la maison.

Dans les deux cas, on a toujours un inspecteur des travaux finis qui trouve qu'on est nulle, mal présentée, mal organisée et qu'on a bien de la chance qu'il nous garde parce qu'il y a la queue dehors pour entrer dans leur monde merveilleux où on a juste le droit de se taire et de sourire.

En arrivant, il fallait nettoyer les sols encrassés, aider à déballer et ranger les marchandises, retirer les boules de pâte à pizza du congélateur, commencer à préparer les légumes pour offrir ce que les clients croient être des plats typiquement italiens confectionnés dans les règles de l'Art.

Et quand le téléphone sonnait, il fallait évidemment y répondre, prendre les commandes pour les livraisons et planifier les réservations en salle.

C'était clairement éreintant et pas très valorisant, entre le patron et les clients, j'avais souvent les larmes aux yeux à la fin de la journée.

Les collègues n'étaient pas non plus des perles, il y en avait toujours qui allaient pleurnicher au patron en inventant une histoire où j'avais systématiquement le mauvais rôle.

Le vilain canard de l'histoire, c'était moi. S'il y avait une erreur de caisse, une tâche sur le sol, un client mécontent, c'était invariablement de ma faute.

Tous mes autres collègues pouvaient dormir sur leurs deux oreilles, arriver en retard tous les jours, partir plus tôt, allonger leur pause, médire sur le patron : la seule responsable, c'était moi.

Je me prenais à rêver au jour où je n'aurais plus à me lever pour affronter tous ces gens sans intérêt, toutes ces injustices à répétition pour un salaire de misère alors que j'aurais pu faire tellement mieux…

Mais ce jour n'était pas encore arrivé. Il semblait même s'éloigner de plus en plus.

En revanche, le jour de ma liberté à domicile était bien réel, lui.

L'avantage du départ de Cyrrius, c'était qu'au moins, en rentrant le soir, j'étais vraiment chez moi.

Chez soi, on doit se sentir en sécurité, entouré de personnes qui vous veulent du bien, qui vous soutiennent quand vous allez mal, qui vous encouragent à progresser, à vous réaliser, qui vous complimentent et vous aiment tout simplement au quotidien.

J'ai soudain vraiment redécouvert la tranquillité, pas de cris, pas de reproches.

Trop fatiguée pour faire la poussière ? Pas de souci, on verra ça demain ou le jour d'après. Juste le plaisir de voir Amanda jouer, dessiner, me faire des câlins, et sauter sur le dîner : ça oui, c'était vraiment être chez soi !

C'était pour cette raison que j'avais demandé à commencer tôt pour ne pas être de service le soir. Comme beaucoup d'étudiants préféraient travailler le soir, après les cours, tout le monde y trouvait son compte au final.

Les semaines passaient à grande allure, je me disais qu'il était temps de tourner la page, je commençais donc à empaqueter les effets de mon cher et tendre qui avait choisi de voguer loin de nous sans grand remord apparemment.

En même temps, on ne peut pas dire que cela relevait des travaux d'Hercule, il avait peu de vêtements, (et franchement, leur style était médiocrissime), pas de livres ou d'ordinateur, pas de compacts discs et même pas de relevés bancaires non plus, les miracles de la dématérialisation sans doute.

On aurait pu croire au final qu'il n'avait jamais vécu ici.

Je laissais une photo de lui et de notre fille dans la chambre de la petite et toutes les autres se retrouvèrent entre les chaussettes et les vieux tee-shirts, direction la cave, dans un premier temps.

Je ne dirais pas que je ne ressentais rien du tout en faisant cela, mais tout de même, même s'il aurait pu partir avec plus d'élégance, plus d'égards vis-à-vis de nous et de tout ce que j'avais sacrifié durant ces années difficiles, j'étais persuadée que nous n'étions pas faits pour vivre ensemble et que notre mariage avait été une lourde erreur inassumable.

A notre rencontre, Cyrrius était pourtant le charme incarné, plein d'attentions, nous nourrissions de doux rêves pour notre avenir, notre future famille, nos vacances de rêves dans de lointaines contrées, nos ambitions étaient infinies…

Une cérémonie de mariage aura eu raison de nous, nous étions devenus comme des ennemis contraints de vivre ensemble, la vie n'avait plus de saveur, les journées longues, les nuits froides.

Un lundi matin, je reçu une bien étrange visite, un huissier de justice bien énervé me réclamait une somme abracadabrante pour du mobilier que je n'avais jamais acheté. Comme j'étais moi-même plutôt branchée sur secteur, l'échange fut houleux. Une fois la crise de hurlements passée, il dût bien se rendre compte que je n'étais vraiment au courant de rien.

Il baissa alors le ton et m'expliqua que Cyrrius avait contracté un prêt pour cautionner un logement et l'équiper entièrement et que, étant mariés sous le régime de la communauté, je devenais redevable de ses dettes.

J'étais sidérée en voyant la facture majorée de frais divers et variés qui couraient depuis de nombreux mois.

Qu'est-ce que c'était que cette loi qui obligeait une épouse à régler des factures qui ne la concernaient même pas ???? Et où était cet appartement ? Où étaient ces meubles ?

Et enfin, comment allais-je bien pouvoir faire pour financer tout ceci alors que j'avais déjà bien du mal à régler seule mes propres factures ? Et qu'est-ce qui me disait qu'il n'y avait pas d'autres surprises qui m'attendaient ?

L'huissier confirma être déjà passé ici et avoir été violemment reçu par Cyrrius, ce qui expliquait sa disparition dans une rage folle.

Parce que bien sûr, s'il s'est endetté pour une raison que lui seul connaît et s'il ne veut pas honorer ses échéances, c'est forcément de la faute de sa femme et de sa fille. Un psychiatre trouverait probablement là un début de réponse, pour ma part, je n'y voyais que le début d'une longue liste de questions.

Je pris les documents remis par l'huissier en lui demandant de me laisser un peu de temps pour me retourner, pour contacter mes beaux-parents et voir savoir s'ils avaient des nouvelles de leur fils bien-aimé.

Il acquiesça et me laissa un mois. Quatre semaines qui passèrent très vite.

J'aurais sûrement dû demander plutôt deux mois de réflexion, ah, cet optimisme viscéral !

Parce qu'il s'avéra que l'impensable arriva : ses parents ne répondirent ni à mes appels ni à mes messages. Ils étaient mon ultime recours, mes parents avaient des revenus modestes et il n'était pas question de les mettre dans une position difficile.

Mes beaux-parents, eux, possédaient une grande maison héritée, et ils louaient aussi un studio en bord de mer aux touristes.

Je n'avais jamais vraiment compris d'où venait leur argent, ils vivaient comme des rentiers, n'ayant à ma connaissance pas à pointer au travail le matin.

Ils skiaient en hiver, partaient au loin en été et nous les voyions peu en fait.

Cependant, ils nous gratifiaient de leur présence aux anniversaires et à Noël, faisaient un magnifique cadeau à leur petite-fille et grimaçaient à peine discrètement en ouvrant ceux que nous leur offrions.

Oui, nous n'avions pas les meilleures relations du monde, mais je n'imaginais pas qu'il fut possible que des grands-parents puissent supporter que leur descendance plonge dans la misère pendant qu'eux nagent dans l'abondance.

Encore ce fichu optimisme de bazar !

Comment était-ce possible de se lamenter sur la misère du monde en public, alors que l'on reste indifférent à la détresse de son propre sang ???

Encore une fois, je ne suis pas psychiatre, je vais finir par le regretter d'ailleurs.

Malgré tout, je me rassurais avant de m'endormir, tard, de plus en plus tard dans la nuit : ils savaient bien que leur fils avait mené une vie dissolue qui nous coûtait cher, ils nous aideraient, c'était sûr.

Je fondais à vue d'œil, je n'avais plus d'appétit. Le soulagement du début avait fait place à une angoisse qui me serrait la gorge et le ventre, ma respiration était courte en permanence, j'avais l'impression de manquer littéralement d'air.

Un dimanche, je pris Amanda et on se rendit chez eux à midi.

Ils habitaient à moins d'une heure en voiture de chez nous.

Je me garais dans l'allée, la porte d'entrée était ouverte, il faisait chaud ce jour-là.

« Viens ma chérie, on va voir papy et mamie », elle adorait ses grands-parents, elle bondit de son siège avec un sourire radieux, un gigantesque dessin à la main.

Elle avait passé la soirée de la veille à le peaufiner pour qu'il soit parfait pour sa parfaite mamie.

On s'engagea dans l'allée, main dans la main, mon cœur battait à toute allure mais je commençais à voir le bout du tunnel.

Ils allaient nous aider à nous en sortir, je ne serai plus seule. Enfin.

Soudain, j'aperçus le visage de ma belle-mère, l'air austère des grands jours.

Elle me fixa à peine trois secondes avant de claquer la porte alors que nous commencions à monter les marches.

Amanda fondit en larmes : « pourquoi mamie est méchante ? ». Je la pris dans mes bras et frappais à la porte : pas de réponse.

Je me mis à crier qu'il fallait que l'on se parle, que c'était urgent. La réponse fut un pesant silence de cathédrale.

Alors, à contre - cœur, je dus me résoudre à glisser sous la porte une copie de l'état des sommes dues par leur fils avec un mot expliquant que leur petite fille et moi allions finir à la rue sans leur aide.

On est rentré sans un mot. Je ravalais mes larmes tout le trajet. Amanda fixait l'horizon sans bouger.

Une fois à la maison, je mis un dvd de conte de fées et on se serra l'une contre l'autre dans le canapé, avec un plaid pas nécessaire et une glace au chocolat vitale, elle.

La journée fila, l'avantage du soir, c'est que le cerveau est tellement usé par le quotidien, l'échec, la désillusion, l'incompréhension, l'égoïsme, qu'il revit un temps devant un conte où l'on sait bien que les gentils triompheront à la fin, quoi qu'il arrive.

Dommage que cela n'arrive que dans les contes.
Le délai s'écoula, l'huissier revint.

Il saisit les deux chambres à coucher, la télévision et son meuble, le canapé, le tapis que mon père m'avait offert à mon mariage, les quelques bijoux de valeur que je possédais et il me proposa un échéancier pour régler le solde car on était encore loin du compte.

Je n'eus d'autre choix que d'accepter.

Mon compte était vide.

Le lendemain, je consultais un avocat pour demander le divorce.

L'appartement était devenu lugubre et trop grand sans rien dedans.

Je demandais au bailleur de me louer à la place un studio, ce qu'il fit rapidement, de peur que je n'arrive plus à régler mon loyer.

Je finis par me décider à en parler à mes parents adoptifs, j'avais honte et je ne parlais pas de la façon dont il m'avait traitée ces dernières années, je me contentais de résumer ce fiasco par la dépression de Cyrrius, son départ et l'arrivée de l'huissier.

Ils étaient anéantis, je regrettais presque d'avoir ouvert la bouche, mais si on ne peut plus se tourner vers ses parents, vers qui alors ?

Je savais que financièrement, ils ne me seraient d'aucun secours, mais j'avais besoin d'une oreille attentive, de quelqu'un qui me console, qui soit définitivement de mon côté, parce que là, je me sentais complètement seule et j'avais la responsabilité de ma petite fille : je n'avais pas le droit de m'écrouler.

Ils voulaient nous héberger un temps, histoire que j'économise les charges courantes quotidiennes et même si ce geste me toucha profondément, je dus décliner l'offre.

Leur maison était trop éloignée de mon travail et de l'école et nos plannings seraient vite devenus ingérables.

Quelques jours plus tard, mes parents revinrent avec deux grands sacs de courses. Ma mère nous apporta aussi un grand matelas où Amanda et moi dormirions désormais.

Elle nous donna aussi son canapé. Je ne voulais pas la priver, mais elle insista, les larmes aux yeux.

Papa nous bricola des étagères pour la cuisine et un dressing dans un coin de la pièce.

Amanda commença à accrocher ses dessins aux murs : le studio se mit à vivre, les murs à chanter, et moi à espérer.

Mais la vie ne s'arrête pas parce que l'on est triste ou désespéré, n'est-ce pas ?

Je dus continuer d'aller travailler tous les matins, le studio était plus éloigné de mon travail que l'appartement, je passais donc plus de temps dans la circulation, il fallait se lever plus tôt pour déposer Amanda à la garderie aussi.

Au bout de quelques semaines, ma vieille voiture tomba en panne au milieu d'un embouteillage !

Aussitôt, une pluie d'insultes s'abbatit sur moi, les conducteurs derrière moi klaxonnaient comme si leur vie en dépendait.

Je mis les feux de détresse pour faire comprendre à ces intellectuels du matin que cet outil mécanique fort utile pouvait aussi défaillir.

A quoi bon ? On me doubla en me hurlant tous les noms d'oiseaux possibles.

Personne ne proposa de m'aider, ne serait-ce qu'à pousser la voiture sur le côté.

Un agent de police vint me voir pour me dire de ne pas gêner la circulation, sinon, mon véhicule serait enlevé par la fourrière.

Les larmes me montèrent aux yeux, j'étais à bout, mais je n'aurais pas eu les moyens de la récupérer à la fourrière.

Alors, de toutes mes forces, avec toute ma rage, je lâchais le frein à main et essayais de la faire monter sur le trottoir, j'avais remarqué un côté plus bas pour passer. Au bout d'un temps certain, j'y parvins.

J'étais en sueur, je m'assis un moment sur le siège conducteur, je regardais ma montre : j'étais en retard d'une heure déjà.

Je fermais les yeux pour m'isoler mentalement de ce chaos autour de moi.

Je n'avais pas d'argent pour le remorquage et encore moins pour les frais de réparation, si tant est que le garagiste soit disposé à la réparer.

En général, il profite de votre désespoir pour vous proposer des modèles qui ne sont as dans vos moyens…

Tout à coup, quelqu'un toqua à ma vitre, c'était de nouveau l'agent de police qui me ontrait du doigt indiquant que le stationnement était limité.

« Mais enfin, vous voyez bien que je suis en panne, rétorquais-je, exaspérée

-Désolé, mais ce stationnement est réservé à la clientèle des commerces », et il tourna s talons.

Puis, un autre homme vint, il me dit : « Si vous voulez, je vous remorque jusque chez ous, je ne travaille pas aujourd'hui. »

En temps normal, je me serais méfiée, interrogée, j'aurais pesé le pour et le contre.

Mais là franchement, j'étais à bout, saturée par cette solitude permanente et d'une urdeur inimaginable, fatiguée de lutter contre le monde entier en permanence, et acceptais, en espérant secrètement ne pas avoir affaire à un déséquilibré.

Il me remorqua effectivement gratuitement et me laissa sa carte de visite par souci de ansparence, il était responsable d'une agence bancaire du centre-ville.

Je le remerciais. Il repartit.

Mais bizarrement, pendant que je vivais toutes ces mésaventures, l'horloge ne s'était as arrêtée, elle n'avait même pas ralenti en fait et il me restait encore à avertir mon mployeur et à repérer la ligne de bus pour récupérer Amanda à l'école.

Je réalisais soudain que j'allais devoir courir tous les jours, prendre des orrespondances, nous lever encore plus tôt.

J'appelais pour connaître les tarifs des abonnements mensuels pour nous deux, la somme n'était pas énorme mais mon portefeuille non plus. Je cherchais la moindre pièce cachée dans le fond de mon porte-monnaie mais j'étais bien loin du compte.

Comment faire ? La paye n'était que dans deux semaines et il y avait encore des courses à faire…

Je demandais à mon patron de décompter ma journée en congé car je n'avais aucun moyen de venir aujourd'hui.

Il fallait que je trouve une solution pour demain, au moins pour financer une carte hebdomadaire en attendant.

Je ne pouvais plus rien demander à mes parents, ils ne roulaient pas sur l'or et m'avait déjà beaucoup aidé.

Puis je songeais à ma sœur Clara, elle vivait à une heure d'ici.

J'étais tout de même gênée, nous n'étions pas très proche, elle avait toujours ce petit air hautain, cette arrogance que feignent les grands complexés. Elle avait toujours compensé son physique banal par des phrases assassines et une distance que je ne m'étais jamais expliquée.

Mais lorsque vous êtes au pied du mur, la dignité devient vite une étrangère qu'on ne peut pas se permettre de fréquenter.

J'appelais, mon cœur battait à toute allure. Elle répondit froidement qu'elle allait me faire un virement.

J'étais soulagée, c'est dire à quoi tient la condition humaine. Je pourrais au moins prendre le bus pour aller travailler. Maintenant, il fallait surveiller l'arrivée du virement comme nous étions dans la même banque, il devait apparaître dans la journée.

Que faire en attendant ? J'étais trop nerveuse pour rester assise.

Je me lançais donc dans un grand ménage de printemps avant l'heure, fenêtres, sols, placards, pas un centimètre carré ne pourrait m'échapper, c'était sûr.

Pour me changer les idées, je mis de la musique, rien de tel que de travailler en musique.

Les ennuis s'envolent, notre corps et notre âme se réunissent harmonieusement et on se sent enfin exister, léger, libre comme l'air. Enfin.

Mais quelqu'un semblait frapper fébrilement à la porte.

C'était la voisine du dessus qui ne pouvait pas faire la sieste avec ce bruit. Bien. Je baissais le son.

Il y a des jours comme ça, de semaines, des mois, des années difficiles.

« Chacun pour soi et Dieu pour tous » dit le proverbe, dans ces moments - là on en comprend mieux le sens.

Les heures s'écoulèrent, je reçus l'argent, je courais acheter l'abonnement de bus, j'envoyais à ma sœur un texto de remerciements en promettant de la rembourser à la fin du mois.

Evidemment, elle ne répondit pas.

Enfin je récupérais ma fille en lui expliquant que pendant un moment on allait prendre le bus, que ce serait une belle aventure, qu'on croiserait pleins d'autres enfants.

Et le temps passa, peu à peu on oubliait la voiture qui rouillait sur place et on faisait les courses en bus.

C'était compliqué car il fallait changer de bus plusieurs fois, pas de grandes surfaces à proximité, des épiceries trop chères.

Comme il était difficile de porter les courses en donnant la main à Amanda, j'optais pour la remise en service de mon vieux chariot de courses à roulettes et on faisait les courses le mercredi et le samedi pour que cela ne soit pas trop lourd.

On arrivait à s'en sortir.

C'était compliqué, parce que là, à peine mon salaire arrivait-il sur mon compte, que l'huissier prélevait son dû, suivi du bailleur, ajouter l'eau et l'électricité et il ne me restait plus grand-chose.

Dans ces conditions, il fallait que les vêtements tiennent le plus longtemps possible. A la maison Amanda portait ses vieilles robes pour préserver les ensembles les plus présentables pour l'école.

Mais les enfants grandissent vite, les chaussures s'abîment beaucoup dans la cour de récréation et j'aurais apprécié qu'un membre de ma famille au moins y pense. Mais rien de tout ceci n'arriva.

Au contraire, voyant que je m'enfonçais dans ma situation de mère célibataire endettée par son futur ex-mari, tout le monde semblait prendre le large. Progressivement, les coups de fils s'étaient faits plus rares, les visites aussi.

Sans voiture, nous n'étions, quant à nous, guère mobiles. J'avais un peu espéré que ma mère me propose de m'accompagner pour les courses une fois par semaine, cela aurait beaucoup amélioré notre quotidien, mais elle n'en fit rien.

Je ne voulais pourtant pas inspirer la pitié, je n'étais pas responsable de ce coup du sort et je me dis que si les rôles avaient été inversés, si j'avais du temps libre, une rentrée d'argent régulière, j'aurais été heureuse de me rendre utile et de soulager ma fille par un geste désintéressé et simplement aussi logique qu'humain.

J'avais l'impression que mes proches resserraient leurs liens loin de moi, mais je me rendais compte, aussi bizarre soit-il, que lorsque j'envoyais un message à mes parents ou à l'une de mes sœurs, ils s'en tenaient informés en temps réel.

Si je posais une question à l'un d'eux, une réunion au sommet devait avoir lieu pour savoir s'il fallait oui ou non me répondre, et si oui, quoi répondre.

C'était comme si la pauvreté était devenue contagieuse, du jour au lendemain, sans préavis, on me faisait me sentir minable, une moins que rien.

J'avais déjà ce sentiment au travail, dans les bus, à l'école, dans les magasins, mais au sein de ma propre famille, mon dernier refuge, c'était un coup de poignard dans le dos.

Mais ne dit-on pas que l'on n'est jamais trahi que par les siens ???

Ma seule consolation restait ma fille, mon ange, ma motivation de chaque seconde, ma fierté, ma raison de vivre, la seule qui ne me décevrait jamais intentionnellement.

Amanda était une petite fille très sage, très câline, qui se contentait de peu.

Dans les magasins, elle traversait les rayons de jouets sans jamais rien réclamer. Et si c'était son anniversaire, il fallait que je lui demande de choisir quelque chose et encore, elle hésitait et demandait toujours si « ce n'était pas trop cher ».

Cette attitude me facilitait grandement la vie, surtout quand on connaît le cauchemar que vivent beaucoup de parents dans les grands magasins.

Je ne pouvais pas non plus beaucoup varier les repas, mais je faisais de mon mieux.

Et s'il n'y avait pas assez pour deux, je lui laissais ma part et me faisais un café avec des biscottes.

Je tenais bon. Il fallait que je tienne bon.

La roue allait tourner, c'était sûr.

Au bout d'un an, les saisies sur mon compte étaient finies.

Je pouvais enfin disposer de mon salaire.

L'assistante sociale nous avait accordé une aide pour inscrire Amanda à la danse, et c'était une vraie bénédiction. C'était un moyen de lui donner d'autres perspectives que ce studio minable et cette mère absente pour son travail et angoissée tous les soirs à l'idée de ne pas réussir à joindre les deux bouts.

Amanda allait avoir quatre ans et je m'interrogeais à de nombreux sujets.

Tout d'abord, il fallait que je reprenne ma vie en main, je devais recontacter l'avocat pour savoir où en était ma demande de divorce qui s'annonçait compliquée, ne sachant pas où était mon mari.

Je l'avais domicilié chez ses parents que je soupçonnais de me cacher la vérité, ni lui ni eux ne me donnaient signe de vie.

Et puis, cet anniversaire était une bonne excuse pour faire la fête.

Mais qui inviter ?
Mes parents, des copines de classe… A l'extérieur, cela coûterait trop cher.

Dans le studio, c'était vraiment trop petit.

Nous étions en mai, il faisait déjà chaud. Par la fenêtre je voyais le parc où jouaient les enfants et je songeais, pourquoi pas ?

Je préparais donc des cartons d'invitation pour une petite fête sans prétention sur la pelouse du parc.

Les enfants pourraient jouer au ballon ou dans la structure, ils auraient le choix entre les toboggans, les filets de corde à grimper et les chevaux à bascule.

Mes parents pourraient amener leur grande table en plastique avec les chaises et un banc.

Je me mis à faire la liste de ce que j'allais offrir à manger à tout ce petit monde, et ces préparatifs me redonnèrent vie.

Il fallait que je trouve des idées de douceurs tout en gardant un œil sur mon petit budget.

Ma mère me rappela et me proposa de faire le gâteau, c'était une cuisinière hors-pair à vrai dire.

Papa s'occuperait de décorer le parc avec des ballons multicolores.

J'avais vraiment de la chance ! Le soir, lorsqu'Amanda dormait, je sortais mon calepin de mon sac et j'ajoutais des idées.

Je distribuerai les invitations à l'école, dix enfants, dont le petit Gaspard qui était notre voisin à l'appartement.

Je préparerai des muffins décorés de pépites de chocolat, et j'achèterai des jus de fruits. Il manquerait alors les caissettes pour les biscuits et la vaisselle jetable.

Il faudrait aussi des thermos de thé et de café pour les parents qui resteraient aussi sur place.

Mais qu'allais-je offrir à Mandy ?

Je faisais et refaisais mes comptes. La voiture ne serait pas réparée de sitôt, n'en parlons plus.

Je pouvais payer l'électricité avec du retard, après la deuxième relance, le mois serait fini.

Pour l'eau, j'avais déjà reçu une mise en demeure, donc rien à faire de ce côté-là.

Pour le loyer non plus, rien à tenter.

Il restait deux semaines avant la fête, alors je songeais à faire des économies de bout de chandelle, mais un sou et un sou n'est-ce pas ?

Je pouvais ne plus mettre de lait dans mon café, le pack pourrait tenir.

Je pensais aussi à ne plus emmener de sandwich pour le déjeuner mais juste un fruit et une barre de céréales : les courses tiendraient plus longtemps.

En additionnant le tout, je pourrais acheter cette jolie poupée en robe de princesse que mon bébé avait remarquée il y a des mois déjà.

Si tout allait bien, j'irais la récupérer le vendredi, la veille de sa fête d'anniversaire, je prendrai mon après-midi parce qu'en bus, il me faudrait beaucoup de temps pour quitter le travail, aller au magasin, retourner vers l'école avant de rentrer enfin à la maison.

J'emmènerai un grand sac où je pourrais cacher la poupée aux yeux de mon cœur. Et en songeant à cet ultime moment, je m'endormais, heureuse.

Les jours suivants, tout se passa très vite.

J'emmenai Amanda à l'école tôt pour la garderie, puis je repartais dans un autre bus pour me rapprocher de la pizzéria.

Puis, il me restait deux kilomètres à faire à pied dans la zone industrielle.

Je m'y étais faite à vrai dire.

Parfois, sur ce dernier trajet, des collègues me prenaient en chemin.

Ce jour-là, c'est le patron en personne qui s'arrêta. Eberluée, il me demanda ce qui m'arrivait et, plutôt gênée, je racontais que ma voiture m'avait lâchée et que je n'avais pas les moyens de la réparer en ce moment, compte-tenu du départ de mon mari et du poids des dettes qu'il m'avait laissées derrière lui.

Il sembla vraiment compatir, il me, dit même que si je continuais à travailler aussi bien, il n'excluait pas une augmentation avant la fin de l'année.

Je n'y croyais même plus ! Je me mis à travailler en chantonnant, enfin une belle perspective…

Je pourrais acheter un lit pour ma petite et moi dans un premier temps, un petit dressing et quelques jouets aussi.

Pour Noël, nous irions au cinéma voir un de ces films pour enfants dont la magie ne s'éteint jamais, et au printemps suivant, je pourrais l'emmener dans un grand parc d'attractions pour la première fois !

Je crois que je n'avais jamais nettoyé, récuré sols et plans de travail aussi fort. J'aidais mes collègues le plus possible, la fatigue s'envolait tant je pensais à tout ce que cette promesse pouvait changer dans notre vie.

Je n'en parlais à personne à part à ma mère à qui je confiais presque tout et que j'adorais malgré le fait que son comportement de ces derniers temps m'ait beaucoup heurté.

C'était assez dur pour elle aussi, elle vivait de quelques ménages à droite à gauche, papa était ouvrier. Ils vivaient simplement, dans une petite maison en location, mais leur porte était toujours restée ouverte.

Mais sachant que je n'étais plus véhiculée, afin de m'éviter des déplacements compliqués, ma mère avait insisté pour que je lui promette de ne plus venir les voir, dorénavant, seuls eux viendraient.

Ils venaient parfois le samedi, amenant des friandises à leur petite-fille, on allait se promener quand le temps le permettait et sinon, on discutait en jouant à des jeux de société.

C'était une façon simple de passer le temps et dans ces moments - là, on se sentait moins seules, Mandy et moi.

Le dernier vendredi, veille de son anniversaire, je rappelais à mon patron que je partais plus tôt dans l'après-midi comme convenu.

Il me fit signe de m'approcher, et sans me regarder, m'invita à m'asseoir.

« Oui, vous m'en voyez désolé mais vous pouvez partir dès midi aujourd'hui ».

Je le regardais, interloquée. Il poursuivit : « Je ne peux pas vous garder ma chère, vos collègues se plaignent de vous sans cesse et vous êtes souvent en retard, tout ceci crée une mauvaise ambiance dans le groupe. Croyez que je le regrette mais je n'y peux rien ».

Il me glissa une pochette dans laquelle il avait soigneusement consigné tous les documents liés à mon licenciement.

Je le pris comme un zombie. C'était un cauchemar. Je m'étais levée plus tôt pour justement ne jamais être en retard malgré ma panne de voiture, ma pauvre petite fille en avait aussi fait les frais, j'avais aidé toute l'équipe de toutes mes forces et avec le sourire en plus, et tout le monde s'était ligué contre moi au moment où j'étais censée avoir une promotion !!!!

Un proverbe chinois dit « Pour bien faire, mille jours ne sont pas suffisants, pour faire mal, un jour suffit amplement ». A méditer.

C'était donc ça la récompense de tous mes efforts ?

Je jetais mon tablier et récupérais mes affaires dans mon casier, mes collègues détournaient le regard sur mon passage, mais je les avais déjà oubliés, je ne pensais qu'à une seule chose : qu'allait-on devenir ?

Je traversais la zone industrielle, les yeux hagards, je faillis me faire renverser une demi-douzaine de fois sans réagir. Je m'assis sous l'abri bus, les yeux dans le vide.

Un bus passa. Puis un autre. Soudain, je jetais un œil à ma montre et compris que deux heures venaient de s'écouler sur ce banc.

Je montais dans le bus suivant, en vitesse cette fois. Il était presque vide. Le nez collé à la vitre, je revivais ma dernière conversation au travail, ou plutôt ce monologue incroyable.

Je perçus une voix au loin qui m'interpellait : « Madame ! Madame !», C'était le chauffeur.

J'étais arrivée…au terminus ! J'avais pris le mauvais bus et je me retrouvais au milieu de nulle part, et c'était vraiment un euphémisme.

Je demandais au chauffeur de me laisser dans le bus, je repartirais avec lui au moins pour me rapprocher du centre-ville. Mais il refusa sèchement, le règlement était clair, au terminus tout le monde descend. Pas de clauses spéciales maman seule, abandonnée, licenciée, sans voiture, rien que des règles bien droites à appliquer avec rigueur.

Je n'eus d'autre choix que de m'exécuter et d'attendre sous l'abri bus.

Les horaires avaient été arrachés, personne pour me renseigner, bref, la routine pour moi.

Et puis, je vis enfin arriver celui qui allait vers le centre commercial, je me préparais à monter quand on me bouscula violemment, je me relevais et me dépêchais de monter car le bus menaçait de partir.

 Une fois assise, je me rendis compte qu'on m'avait volé ma petite bourse dans laquelle j'avais rassemblé les vingt euros en pièces pour la poupée.

Je me mis à pleurer comme jamais, je n'arrivais plus à m'arrêter.

Puis je me repris : ma petite fille fêtait son anniversaire demain, je ne pouvais pas la décevoir. Je regardais ma main gauche : mon alliance.

Il y avait une boutique dans le centre commercial, on y reprenait les bijoux en or. Je fonçais.

L'individu inspecta ma bague et m'en offrit quinze euros.

Je crus à une plaisanterie, il me confirma que non. Il ajouta que les pierres étaient fausses et que son poids en les enlevant était moindre et surtout, qu'il fallait bien qu'il y gagne quelque chose.

Finalement, je dus l'apitoyer pour qu'il monte à vingt euros. Une misère à vrai dire.

Mais c'était le prix de la poupée, le montant exact que l'on m'avait volé, et mon alliance ne m'avait apporté que des problèmes, alors…Je n'avais pas d'autre meilleur choix à l'horizon et l'horloge continuait de tourner, elle, impassible.

Je courus au rayon des poupées, de loin, je reconnus tout de suite la fameuse princesse, et au moment où j'allais la prendre, je vis une main la saisir fièrement.

Je remontais le regard le long du bras, du cou, pour apercevoir le visage d'une maman au caddie rempli de toutes sortes de jouets.

Je me tournais vers elle en la suppliant : « Madame, je vous en prie, c'est la dernière poupée et je l'ai promis à ma petite fille pour son anniversaire !

Quel culot Madame, rétorqua-t-elle, prenez en une autre voyons !

-Comprenez-moi, c'est la seule que je puisse offrir…

-Eh bien, choisissez donc un modèle plus petit et moins cher alors, voilà tout !»
J'étais anéantie. Auparavant, j'ignorais que l'on pouvait être anéantie plusieurs fois dans la même année, j'apprenais que cela pouvait arriver plusieurs fois dans la même journée, je détenais peut-être un record, à vous de me le dire.

Mais son mari s'agaça, lui prit la poupée des bras et me la tendit en lui disant gentiment : Voyons Thérèse, tu vois bien qu'elle a plus d'importance pour elle que pour toi. Tu peux prendre celle d'à côté pour Emilie, elle est encore plus jolie je trouve »

Sa femme acquiesça fièrement, je remerciais ce monsieur d'un geste de la tête et me précipitais vers la caisse avant qu'il ne m'arrive encore une catastrophe.

Je mis la poupée dans le panier avec une petite couverture pour la cacher comme prévu et j'allais récupérer Amanda à l'école après toutes ces péripéties.

Je ne devais rien lui dire. Elle devait passer un bel anniversaire, au moins une journée où elle serait comme toutes les petites filles.

Je trouverai un autre travail, c'était sûr.

Devant la grille de l'école, des parents aux larges sourires aux abords du week-end, ils parlaient sans cesse, de tout et de rien, avec une légèreté que je leur enviais de toute mon âme, une légèreté que je n'avais jamais effleurée.

On dit que la roue finit par tourner, mais moi, je commençais à sérieusement désespérer.

Je n'eus pas à attendre longtemps, tant mon trajet avait été long et compliqué, mais je vous prie de croire que ces quelques minutes devant la grille furent parmi les plus longues de ma triste vie.

Je peinais à ravaler mes sanglots et seules mes lunettes de soleil me sauvaient la face.

Enfin, les enfants arrivèrent à la sortie, Amanda me sauta dans les bras, je lui tendis une barre de céréales et nous nous mîmes en route.

Durant tout ce chemin, elle n'eut de cesse de me raconter ce qu'elle avait fait à l'école, avec qui elle s'était fâchée, avec qui elle s'était réconciliée.

Elle était pleine de vie, son sourire irradiait autour d'elle et cela me faisait tellement mal au cœur de ne pas pouvoir lui offrir la vie qu'elle méritait. Et j'en voulais tellement à son père de nous avoir abandonnées avec ses dettes en cadeau. Si seulement il avait été honnête, il aurait pu me quitter en douceur, on aurait pu s'organiser, il aurait gardé des liens avec sa fille, et surtout, il ne m'aurait pas fait supporter seule le poids de ses erreurs à lui.

C'était un véritablement déchirement de l'entendre répéter ce que ses copines lui disaient : elles adoraient raconter les sorties avec leur papa et leur maman, papa qui apprend à faire du vélo, papa qui est super fort et qui protège des monstres.

L'avantage de son monologue, c'était que par voie de conséquence, je n'avais pas à répondre.

Je pouvais donc laisser mes pensées divaguer en me contentant d'acquiescer et de sourire de temps à autre.

Toute son attention allait maintenant à sa fête et elle avait hâte de rentrer préparer s robe et ses chaussures qu'elle n'avait porté qu'une fois à un mariage.

Enfin arrivées, je lui préparais son bol de lait, son bain chaud.

Ensuite, emmitouflée dans son peignoir géant, comme un cosmonaute, elle s'assit sur matelas, à côté de moi, et nous commençâmes à réfléchir à une difficile décision à prendre : quelle coiffure adopter ?

CHAPITRE 4
GRAVIR LA MONTAGNE

Et enfin le jour tant attendu arriva !

Mandy sautait comme une puce, nous avions mis la musique très forte pour nous mettre dans l'ambiance et ranger le studio en dansant.

A dix heures, nous étions habillées, coiffées et là, tout était nickel. La fête était prévue pour quatorze heures, nous devions rejoindre mes parents au parc à treize heures pour tout installer. La journée s'annonçait ensoleillée, une chance ! C'était toujours une bonne nouvelle. La matinée fila, nous étions déjà au parc. Ma mère et mon père avait installé un énorme gâteau au chocolat au centre d'une grande table de jardin dans un coin de la pelouse. Tout autour, je disposais muffins, boissons fraîches, chaudes, bonbons, gobelets et serviettes.

Nous avions laissé libre une partie du terrain avec des raquettes de badminton et des petits ballons.

Plus près du buffet, nous avions préparé de grandes nappes avec des petits coussins au sol, et pour que personne ne s'ennuie, des livres et des coloriages.

Très vite, les premiers invités arrivèrent, les bras chargés de cadeaux.

Mandy était aux anges, elle courait, riait, se roulait par terre avec ses camarades et si pour les autres parents qui buvaient leur café en parlant de leur horrible travail que j'aurais bien aimé avoir, c'était somme toute banal, pour moi, c'était un moment unique et j'aurais voulu que ce goûter d'anniversaire ne prenne jamais fin.

Je pris une multitude de photos, je ne crois pas avoir dit grand-chose aux parents, ils étaient venus en couple et bavardaient entre eux, en jetant à peine un œil de temps en temps aux bambins.

Cela m'arrangeait bien en fait, je n'avais pas du tout le cœur à parler, je servais tout le monde, mes parents m'aidaient un peu, tout le monde me voyait vaguement mais sans me regarder réellement : j'étais devenue transparente.

Les décorations étaient colorées, les tons joyeux : tout le contraire de moi.

Mais ça, personne ne le savait. Personne n'avait vraiment cherché à croiser mon regard plus de deux secondes, car s'il on dit que les yeux sont le miroir de l'âme, je veux bien le croire.

On peut sourire, danser, chanter en étant au bord du gouffre, pour donner le change, mais vos yeux vous trahissent, ils montrent aux autres ce que vous ressentez vraiment.

C'est sûrement pour cette raison que l'on évite de vous regarder franchement en général, parce que ce qui vous arrive : on s'en moque royalement, on veut bien tendre l'oreille, histoire de récupérer deux ou trois ragots pour les longues journées de travail ou les réunions familiales où vous ne serez pas évidemment, mais surtout pas plus.

Bienheureux ceux qui ont eu le privilège de rencontrer de vrais amis qui les accompagnent toute la vie durant avec bienveillance. Bienveillance, un mot qui sera certainement bientôt rayé du dictionnaire de l'Humanité du Futur.

Revenons à la star du jour tout de même, après avoir dégusté le délicieux gâteau de maman, Mandy ouvrit ses cadeaux : des poupées, des jeux éducatifs, des livres… Elle n'avait jamais été aussi gâtée, et quand elle découvrit la fameuse Princesse, elle la serra si fort sans ses bras que je me félicitais d'avoir fait des pieds et des mains pour l'acheter malgré tous les vents contraires qui se sont abattus sur ma pauvre tête en vint-quatre heures seulement !

Puis l'après-midi toucha à sa fin, j'aurais bien essayé de reculer les aiguilles de la grande horloge du parc s'il y en avait eu une…Mais l'air commençait à se rafraîchir, les convives s'éclipsèrent un à un.

Nous rendîmes au parc son aspect initial, les ballons trouvèrent leur place à la maison, le reste du gâteau au réfrigérateur, les muffins et les bonbons avaient été engloutis.

Papa voulait bien rester à dîner mais maman insista pour partir, elle avait des choses importantes à faire, je suppose qu'elle parlait de sa série favorite qui passait en soirée et qu'elle suivait religieusement, moi je n'avais que les chaînes classiques, je dus donc m'incliner.

Bref, j'aurais aimé leur parler de mon licenciement, cela m'aurait un peu soulagée de ne pas garder tout pour moi mais bon, si votre propre mère ne voit pas au-delà des apparences, si votre regard plein de détresse lui semble normal, circulez, il n'y a rien à voir, n'est-ce pas ?

Les jours suivants furent compliqués à tous les niveaux.

Je devais faire semblant d'avoir toujours un travail pour ne pas inquiéter ma fille et pour ne pas risquer de nous faire expulser par le propriétaire qui nous savait déjà dans une situation inconfortable auparavant.

Alors à partir de ce moment, après avoir déposé la petite à l'école, je veillais à rester dehors le plus possible, au pire il pourrait croire que mes horaires avaient changé, il me fallait gagner du temps. Encore.

Je réalisais mes démarches pour bénéficier de mes allocations chômage, je me renseignais pour obtenir une aide au financement des centres de loisirs car l'été approchait, tous mes projets tombaient à l'eau et je ne pouvais pas laisser Mandy passer l'été entier dans ce studio pourri.

J'aurais certainement une aide pour le loyer, mais je savais qu'il me fallait vite trouver un nouveau travail, n'importe lequel.

J'épluchais les annonces, j'envoyais des candidatures spontanées et le reste du temps je stressais, je fondais à vue d'œil.

Mes parents ne venaient plus me voir. J'appelais régulièrement, mais soit je tombais sur le répondeur, soit ma mère, pourtant éminemment bavarde, m'éconduisait rapidement, elle avait une grosse migraine, un terrible mal de dos ou autre chose.

Je me retrouvais donc à nouveau seule face au reste du monde. Il paraît qu'il faut exiger beaucoup de soi-même et attendre peu des autres : je commençais à vraiment bien comprendre cet adage.

J'inscrivis donc Amanda aux centres pour quinze jours en juillet et en août.

Elle faisait des pique-niques, du vélo, de la trottinette, des jeux de société, visitait des châteaux, jouait avec des enfants de son âge dans la légèreté, loin de moi et de mes soucis en mode « répétition ». Je n'ai jamais été très douée en nouvelles technologies voire en technologie tout court, donc si quelqu'un sait réparer cette saleté de bouton « répétition », qu'il n'attende pas une invitation.

En son absence, j'avais le temps de chercher du travail, d'aller aux entretiens aussi.

Fin juillet, tout était au point mort : j'étais tour à tour trop vieille, trop jeune, trop diplômée, pas assez ambitieuse pour avoir accepté de travailler dans la restauration avec un diplôme de comptabilité en poche. Bref, j'eus affaire à toute sorte de pseudo DRH, qui pour beaucoup, ne connaissait rien à la réalité du marché du travail.

Pistonnés, fils ou fille à papa, ils ne savaient pas qu'à moins de sortir d'une grande école grassement financée, les lauréats quelconques, quels qu'aient été les efforts déployés, les nuits blanches à réviser, les journées à cogiter, ne trouvent pas de travail en adéquation avec leurs compétences : on leur reproche d'abord leur manque d'expérience. Facile.

Avant il fallait sortir des bancs de l'école avec des diplômes, maintenant il faut les diplômes et l'expérience professionnelle qu'on ne peut pas avoir puisque l'on ne veut pas nous embaucher !

Mais pour vivre et financer ce formidable début de vie d'adulte plein de promesses, il faut de l'argent.

Alors on accepte de faire la cuisine, le ménage, peu importe, c'est en attendant un patron avec de la matière grise intacte, bref, il faut prendre son mal en patience.

Mais quand bien même on voudra aller de l'avant et évoluer vers notre secteur de prédilection, on trouvera toujours un abruti vissé sur son siège abîmé pour nous dire que notre parcours est incohérent.

Un monde de fou dirigé par des fous qui nous rendent fous.

Mais mes maigres économies commencèrent à se tarir plus vite que prévu.

J'avais beau réfléchir avant chaque dépense, mes ressources demeuraient faibles, je n'avais pas de pension alimentaire, le chauffage électrique me coûtait une fortune et le bailleur avait insisté sur la nécessité de chauffer franchement pour éviter la prise de l'humidité du bâtiment.

Un matin pas comme les autres, je me décidais à prendre le chemin de la maison de mes parents. Ils ne répondaient quasiment plus à mes appels depuis un moment, mais je savais qu'ils allaient bien parce que ponctuellement ma mère décrochait un court instant.

C'était toujours étonnant car elle était réputée être une grande bavarde devant l'éterne

C'était étrange, à la fête d'Amanda, mes parents avaient été adorables, prévenants pour la petite même, je ne voyais pas ce qui pouvait les accaparer à ce point.

Ils étaient maintenant à la retraite, leur maison était en location, les travaux étaient pr en charge par l'office bailleur, ils n'avaient qu'un seul petit-enfant dans la région en plus.

Beaucoup de questions sans réponse.

Mais là, la seule vraie question urgentissime qui me taraudait était basique : « comment vais-je remplir le frigo ?».

Je devais donc faire fi de ma fierté et aller demander de l'aide à mes parents.

Ils avaient deux retraites modestes mais peu de charges fixes, les solliciter un peu compte-tenu des circonstances ne me paraissait pas exagéré. Beaucoup de grands-parents gâtent leurs petits-enfants en fonction de leurs moyens, sans contrepartie, par simple plaisir.

Et puis, avant que je ne sois noyée par tous ces soucis indépendants de ma volonté, j'avais l'habitude de leur rendre visite les bras chargés de courses, je ne devrais pas me sentir gênée.

Et pourtant, c'était le cas.

Les volets de la maison étaient clos. Il est vrai qu'il faisait chaud.

Ce qui m'intrigua, c'est qu'il n'y avait aucune des deux voitures devant, et que la pelouse était brûlée par le soleil.

Madame Henkel, leur voisine émérite m'aperçut et s'approcha pour demander de mes nouvelles.

Elle m'avait connu toute petite et avait eu vaguement connaissance de mes déboires conjugaux et financiers.

J'étais certes désespérée, mais je ne voulais pas inspirer la pitié, alors je souriais et ne soufflait mot sur la gravité de ma situation.

Après une tisane et une dizaine de biscuits engloutis dans son salon, elle me lança, toute joyeuse : « Mais maintenant, tout ça, c'est fini, c'est derrière toi, tu dois être tellement soulagée !».

Je la regardais, interloquée, « Pourquoi serais-je soulagée ?».

Elle sembla croire que je plaisantais.

« Mais enfin, avec ce que tes parents ont gagné à la loterie, ta fille et toi êtes tranquilles aussi, non ?».

J'en fis tomber ma tasse qui se brisa comme mon cœur en mille morceaux. Le thé chaud me brûla les cuisses mais je vous prie de croire que je ne ressentis aucune douleur physique.

Paniquée, Madame Henkel se précipita pour me rafraîchir, elle semblait prendre conscience du malaise.

« Tes parents ne t'ont rien dit on dirait ?», je secouais la tête, le regard hagard.

Elle reprit : « Ils ont gagné une très grosse somme à la loterie, ils n'ont pas dit combien, ils ont fait une fête dans le quartier il y a trois mois environ et ils ont déménagé. Ils m'ont montré des photos de leur nouvelle villa en bord de mer à côté de chez ta grande sœur en Bretagne. Je ne comprends pas qu'ils t'aient fait ça ma pauvre chérie ».

Là, c'était la goutte d'eau, mais alors l'énormissime goutte d'eau qui fit déborder le vase.

J'éclatais en sanglots comme une gamine, pourquoi, m'avait-il tenue à l'écart, moi ?

Pourquoi, alors que la chance leur avait souri d'une manière aussi formidable, pourquoi avaient-ils choisi de ne pas en faire profiter la seule de leurs trois filles qui était dans une situation inextricable ????

Je comprenais mieux pourquoi ma mère m'avait conseillé de ne pas venir à la maison, pour mon bien, parce que le trajet en bus était trop long et fatigant pour Mandy.

Et là, plus de nouvelles, parce qu'ils préféraient profiter de leur fortune avec leurs amis et leurs enfants préférés, sans l'ombre d'un remord.

N'ayant plus de repère, plus personne à qui me confier, je résumais à Madame Henkel l'enfer que mon mari m'avait fait vivre, les dettes découvertes après son départ, les difficultés à obtenir le divorce, le comportement abject de ma belle-famille, mon licenciement sans raison valable, le studio minable et sans meuble dans lequel nous avions dû nous résigner à vivre.

Elle semblait atterrée, balbutiant : « Mais ta mère ne m'avait pas dit tout ça, je savais que tu étais séparée de Cyrrius mais j'ignorais qu'il t'avait mise dans une situation aussi catastrophique ma pauvre chérie ».

Je m'effondrais en pleurs dans ses bras, comme une gamine, comme autrefois. Madame Henkel m'avait gardé durant mon enfance, elle n'avait jamais eu d'enfant et m'avait toujours beaucoup gâtée par rapport à mes sœurs qui étaient de vrais garçons manqués. Je n'avais jamais manqué de poupées, de jolies robes ou de barrettes pour coiffer mes longs cheveux à l'époque.

Elle me regarda droit dans les yeux et me dit fermement : « Je vais en parler à Ulrich, et on va te trouver une solution, ne t'inquiète pas. Je vais te ramener chez toi et je te rappelle très vite ! ».

Sur le chemin, elle s'arrêta au supermarché, remplit un chariot de courses et ajouta une veilleuse lumineuse pour ma petite fille. Je ne savais pas quoi dire, mais elle me mit très à l'aise en quelques mots : « C'est à moi que tu fais plaisir en acceptant, j'ai toujours rêvé d'avoir une fille et des petits-enfants et jamais je ne les aurais abandonnés. A mon âge, faire plaisir, c'est tout ce qui peut encore me motiver à me lever tous les matins. Crois-moi, ce que tu traverses me donne une grande force ».

Je rentrais à la maison apaisée, elle me déposa en voiture, m'aida à ranger les courses, mais je n'oublierai jamais son regard à la fois désolé et consterné en découvrant le studio et sa « décoration » spartiate, le vieux papier peint et le lino abîmé.

J'en avais les larmes aux yeux. Je n'en pouvais plus de cette situation qui s'éternisait, j'avais envie d'en finir une fois pour toutes, de balayer cette période de ma vie comme un cyclone et de jeter les débris aux ordures. Me reconstruire sur de nouvelles bases, mes bases, en poursuivant de nouveaux rêves, mes rêves. Et tout ça sans avoir à me retourner sans cesse, à craindre le matin ou le soir. Le matin, si dur à affronter quand on se rend compte que l'on est en réalité seule face à l'adversité ; et le soir, que l'on appréhende tant il est difficile de s'endormir avec toutes ces pensées qui s'entremêlent…

Mais à chaque fois que ces pensées sombres m'assaillaient, je songeais à Mandy.

Elle n'avait rien fait de mal, elle plaçait toute sa confiance en moi et c'était une petite fille adorable, qui ne se plaignait jamais, qui comprenait que la vie pouvait être dure et qu'il ne fallait pas accabler davantage sa maman.

Ce soir-là fut en tous cas exceptionnel à bien des égards.

D'avoir pu parler à Madame Henkel qui m'a fait confiance et m'a soutenue sans me juger, c'était une belle victoire pour moi. C'était la seule personne qui s'était rangée derrière moi d'instinct et qui était décidée à briser la fatalité. J'avais désespérément besoin de quelqu'un comme elle dans ma vie, surtout en ce moment.

Et je n'oublierai jamais le regard de ma fille découvrant sa veilleuse qui lançait des étoiles au plafond, le réfrigérateur et les placards pleins de toutes ces choses inutiles qui nous avaient tant manquées : la confiture, la pâte à tartiner, les biscottes, les frites, la viande, les biscuits….

On dîna devant « Charlie et la chocolaterie », lovées dans un plaid géant à même le sol, serrées l'une contre l'autre.

Je m'efforçais de me contenter de grignoter pour faire durer les courses le plus longtemps possible. Au moins, nous avions deux semaines devant nous sans avoir à réfléchir à ce problème de nourriture et je comptais bien mettre à profit ce temps pour trouver un travail, n'importe lequel, mais vite.

La rentrée des classes approchait et je voulais être embauchée pour ma tranquillité financière mais aussi pour pouvoir m'organiser par rapport aux horaires d'Amanda. C'était aussi un problème, lorsque l'on ne peut compter sur personne et que l'on n'a pas les moyens de payer la garderie ou une nourrice. Un vrai problème, un de plus.

Au petit matin, je reçus un message de ma mère, il disait « Ma petite Clara, regarde comme ton petit prince est beau ! ». Clara était mon autre sœur avec laquelle je n'avais quasiment pas de contacts. Elle avait collectionné les petits amis en tous genres et semblait s'être stabilisée dernièrement.

Elle avait un garçon de deux ans, la photo le montrait vêtu d'un ensemble Cyrillus hors de prix avec une paire de baskets dernier cri.

J'en déduisais donc que ma mère gardait mon neveu et qu'elle en profitait pour bien le gâter mais qu'elle s'était trompée en m'envoyant par erreur le texto.

Avec le recul, je ne suis plus très sûre que ce fût une erreur. Et vous ?

Cet événement accentua ma colère et me donna encore plus envie de m'en sortir très vite, par n'importe quel moyen. Il y avait forcément une solution inexplorée, il fallait que je réfléchisse différemment.

Je devais comprendre une fois pour toute que j'étais seule capitaine du navire qui

ombrait et que ma famille, qui était censée être mon équipage, m'avait lâchement
oandonnée en mer.

Ce jour-là, il était prévu qu'Amanda passe la journée chez Gaspard, notre ancien petit
oisin. Il était fils unique, plutôt sage, et ses parents étaient adorables. La maman était
nfirmière, plutôt de nuit, et le papa était un écrivain en devenir.

Gaspard jouait autant aux jeux de filles que de garçons et Amanda et lui
entendaient à merveille. Pendant qu'ils jouaient ensemble, je pouvais vaquer à mes
ccupations sans être dérangée et sans pénaliser Mandy, je la savais en sécurité.

Je laissais donc ma petite chérie vaquer à ses occupations, et j'enfilais un tailleur-jupe
oir, une chemise blanche que j'avais étirée sur un cintre après le lavage pour
conomiser l'électricité du repassage.

Un rapide coup d'œil au miroir me fit déchanter : j'avais vraiment une mine affreuse
: quant à ma coupe de cheveux, elle aurait été parfaite pour jouer le rôle de la vilaine
orcière d'un célèbre conte.

Je jetais un œil à ma montre : mon rendez-vous était prévu pour neuf heures trente, il
ne restait moins de deux heures, trajet en bus compris.

Je pris une grande respiration. Mon regard se porta sur un petit flacon, un reste
'huile de coco.

Je le réchauffais en m'asseyant dessus afin de rendre son contenu liquide, au passage,
économisais l'eau chaude que j'aurais dû faire couler dessus.

Dès qu'il commença à devenir liquide, j'en versais quelques gouttes dans mes mains
n les frottant bien, avant de répartir la lotion sur l'ensemble de ma chevelure. Puis je
ne coiffais, mes cheveux étaient moins secs mais tout de même, cela ne remplaçait pas
n bon brushing. J'optais finalement pour un chignon bas, classique et discret, au moins,
nes cheveux n'avaient plus l'air cassant et brillaient.

Un peu de blush pêche et le tout était joué ! J'avais l'air d'une femme normale, le maquillage fait vraiment des miracles, il donnerait bonne mine à un mort je crois.

Il ne me restait plus qu'à enfiler mon unique paire de chaussures à talons. Le bout était un peu élimé, je le recouvrai d'un marqueur noir que je glissais dans mon sac pou les retouches. Et voilà, en route !

Une heure plus tard, je me trouvais devant l'immeuble de la société «Sparkle».

Il s'agissait d'une multinationale américaine qui s'était implantée récemment et rechercher en appui une assistante comptable anglophone.

J'évaluais mes chances de décrocher ce poste à environ une sur un million, mais souvenez-vous, vous avez déjà fait connaissance avec mon compagnon l'optimisme…

J'avais les diplômes, la capacité, les compétences aussi, pourtant, une méchante voix m susurrait sans cesse : « Laisse tomber, tu vas encore tomber sur une bande de ravagés d cerveau ».

En accédant à la salle d'attente, je reconsidérais mes chances qui passaient d'une sur dix millions.

90% de femmes avec un maquillage, des ongles et une coiffure impeccable. J'avais soudain l'air minable et en m'asseyant, je pris soin de placer ma sacoche devant la pointe de mes chaussures, si vous voyez ce que je veux dire.

Les minutes s'égrenaient lentement, l'atmosphère était lourde, personne ne se parlai Les plus actifs s'agitaient sur leur portable.

Puis, ce fut mon tour. Je faillis vaciller sous le regard d'une grande blonde qui me toisait du regard avec un sourire en coin.

L'entretien fut court. Ultra court même et j'étais presque la dernière candidate.

Le recruteur survola mon dossier avec l'intérêt d'un vieillard pour une séance de CrossFit.

Mon cœur ne battait plus si vite que ça finalement, j'avais connu tellement d'échecs et de déceptions que je pouvais encaisser celui-là. Encore. Je songeais déjà à ce que j'allais faire en sortant, refaire les petites annonces etc…

Il ne me posa qu'une seule question : « Etes-vous disposée à accepter un poste à mi-temps ?

Je m'attendais plutôt à « On vous recontactera ». Alors, le son mis un certain temps à être traduit par mon cerveau. Ce temps fut mis à profit par mon interlocuteur qui daigna enfin lever les yeux vers moi, en attente d'une réponse.

J'acquiesçais sans grande conviction, guettant le piège. Il n'y en avait pas. Ou s'il y en avait un, je ne l'ai pas vu.

Il me donna un formulaire à remplir et à laisser au secrétariat. Puis, il me serra la main et me dit "Vous commencez lundi prochain neuf heures".

Je m'exécutais et sortais de l'immeuble, passant devant la grande blonde prétentieuse, le regard hagard.

Je venais de trouver un travail ! Pas le job du siècle, certes, mais j'allais pouvoir enfin sortir la tête de l'eau, parce que l'allocation de parent isolé avec un seul enfant, c'était vraiment très dévalorisant et cela ne représentait pas grand-chose en fait.

Sur le chemin du retour, je pris un moment pour m'asseoir à un café.

Je regardais les gens passer devant moi à toute allure, dans tous les sens.

Je respirais profondément. Ma grand-mère m'avait appris à bien respirer pour me détendre avant un examen. Je fermais les yeux pour prendre le temps de bien intégrer tout ce qui venait de se passer, je relâchais mes muscles.

J'avais décroché un emploi dans ma branche !

Finis les petits boulots où tout le monde me regardait sans même savoir que j'étais souvent bien plus diplômée que tous ces prétentieux en costume cravate.

Certes, ça n'était qu'un mi-temps, mais dans une multinationale, et très vite je me jetais dans mes comptes d'apothicaire, on vivrait décemment au moins en cumulant tout.
 Et si je trouvais un autre mi-temps, je pourrais enfin louer un vrai appartement, où on aurait chacune notre chambre. Amanda pourrait inviter ses copines, on pourrait acheter des meubles.

Je regardais ma montre : les enfants devaient déjeuner.

Je fus prise d'une folle envie de rêver. Je n'avais pas d'argent à dépenser pour le moment, mais les saisies sur mon compte étaient finies, avec un salaire, je pourrais accéder à un petit crédit pour aménager notre nouveau nid douillet.

J'entrais dans un magasin de meubles, mon regard s'arrêta sur une splendide chambre de petite fille digne d'un conte de fées. Toute rose, le lit était un magnifique carrosse bombé, des voilures de princesse tombaient de chaque côté et des tiroirs se cachaient derrière les roues. Une coiffeuse assortie avec son beau miroir qui s'ouvrait avec de grandes portes en bois se trouvait juste en face.

Sur le côté, une commode toute aussi rose avec cinq compartiments, un joli tapis en forme de cœur au pied du lit. L'ensemble était soldé à 600 euros.

J'allais du côté des chambres d'adultes : elles étaient vraiment trop chères. Alors, je me dis que je pouvais m'acheter un lit simple avec un dressing qui nous servirait à toutes les deux.

Pour neuf-cents euros, je pourrais avoir le tout sans la commode.

Du baume au cœur, je retournais à la maison, des étoiles plein les yeux, des rêves plein la tête.

J'appelais Mme Henkel pour lui raconter ma matinée, elle sautait littéralement de joie.

Elle aussi avait une bonne nouvelle pour moi, elle arrivait pour me l'annoncer.

J'étais impatiente, comme une gamine à Noël…

Elle arriva enfin vers quatorze heures, chargée d'un panier en osier conséquent. J'étais très intriguée.

Elle sortit du panier des petits livres de recettes illustrés, accompagnés d'œufs, de farine, de sucre, de noix de coco et d'une multitude d'autres ingrédients.

J'étais perplexe. Elle m'expliqua qu'elle s'ennuyait beaucoup depuis sa mise à la retraite, et qu'elle avait été engagée par un traiteur à domicile et que son activité avait explosé ces derniers mois.

Il recherchait un employé à temps partiel. J'étais interloquée. Elle m'expliqua enfin qu'elle préparait des plats et des desserts chez elle qu'elle livrait à domicile pour certaines occasions : mariages, baptêmes, anniversaires etc…

En ce moment, il y avait du travail sur tous les week-ends jusque décembre.

Je la regardais. Je ne comprenais pas.

Elle me proposa enfin de participer, j'aurai un contrat par prestation, qui selon elle, était financièrement très intéressant. Elle se souvenait que j'adorais la pâtisserie et espérait que ma passion soit restée intacte.

Il est vrai que mes sentiments n'avaient pas changé, mais de là à commercialiser mes productions, j'avais un doute.

Nous enfilâmes donc nos tabliers, elle plaça la première recette en évidence et me regarda faire. De temps en temps, elle me reprenait un peu, m'expliquait comment gagner du temps en gérant plusieurs tâches à la fois.

En fin d'après-midi, les gâteaux refroidis et décorés de toutes les couleurs trônaient sur un grand plateau en argent.

Madame Henkel me félicita. Il faut dire qu'elle avait affaire à un duo de gourmande devant l'éternel et on peut dire sans mentir que j'avais pour habitude de passer une bonne partie de mon temps libre dans la cuisine, avec Amanda, et nous réalisions toutes sortes de biscuits.

Elle proposa de m'accompagner dans les premiers temps, et ensuite elle me laisserait faire mes préparations et passerait les chercher pour la livraison le jour J. C'était une grande marque de confiance et j'en étais très touchée.

Elle prit une vingtaine de cupcakes pour les montrer à son patron et le convaincre de m'embaucher.

Elle nous laissa les autres.

Elle promit aussi de me rappeler très vite, elle semblait sûre que l'affaire serait conclue et me conseilla vivement de garder mes jeudis et vendredis après-midi libres pour ma cuisine.

Bien sûr, elle me consulterait à chaque commande afin que nous nous répartissions le travail en fonction de nos compétences respectives, surtout des miennes je pense...

Je songeais à cette manne qui me permettrait de garder du temps libre le reste de la semaine et de mieux vivre enfin. J'économiserai sur les frais de garde, je ne stresserais plus en courant dans tous les sens en regardant ma montre de peur d'être en retard à la garderie.

C'était trop beau pour être vrai.

De leur côté, Mandy et Gaspard ne s'ennuyaient pas non plus.

Ma petite chérie avait beaucoup d'imagination, et elle avait des amis imaginaires, comme beaucoup d'enfants uniques je suppose. Son truc à elle, c'était les papillons.

Les deux amis faisaient du vélo, et soudain, Mandy s'arrêta.

Elle était entourée d'un halo de lumière multicolore : rose, jaune, violette. En y regardant de plus près, il ne s'agissait pas de lumière, mais de papillons multicolores qui agitaient autour d'elle pour la saluer comme à leur habitude.

D'abord étonnée, elle posa son vélo et se mit à tourner en rond, les bras au ciel, dansant avec les papillons. Elle cria à Gaspard, "Regarde comme ils sont jolis !".

Ce dernier la regarda, ébahi, se mit à tourner aussi, écarquillant les yeux, mais lui ne voyait rien du tout.

Sa camarade pensait qu'il plaisantait, maman les voyait bien, elle, les jolis papillons !

Elle fit un petit saut pour essayer d'en attraper un, mais avant que ses pieds n'aient touché le sol, toutes les lumières, tous les papillons s'étaient évanouis.

La petite tourna à nouveau sur elle-même en fermant les yeux, espérant les voir réapparaître en les rouvrant : mais où étaient-ils tous passés ?

À côté, Gaspard s'impatientait : "Bon, tu arrêtes tes bêtises, on va goûter !".

En effet, la maman de Gaspard agitait les bras à l'extrémité du jardin.

Gênée, Amanda rangea son vélo, et alla goûter, avec des millions de questions en tête.

Quant au petit garçon, il se disait que sa camarade avait décidément beaucoup d'imagination.

Quelqu'un frappa à la porte. Qui était-ce donc ? Les enfants ne s'en inquiétaient pas trop, la bouche pleine de beignets au chocolat.

Mon entrée ne suscita donc pas les passions mais j'en profitais pour raconter ma folle journée à mes voisins qui semblaient vraiment se réjouir pour moi.

J'avais apporté des cupcakes pour les remercier de leur soutien continu et je crois que c'est seulement lorsque deux paires d'yeux remarquèrent les couleurs bleues et roses que mon retour prit enfin un sens !

J'étais persuadée de dégager une formidable énergie positive et j'étais convaincue que ma fille l'avait captée dès qu'elle m'a vu. Les jeunes enfants sont désintéressés et ressentent les émotions de leur maman au plus profond d'eux-mêmes, les ondes positives les inondent et les réchauffent intérieurement comme des louveteaux recroquevillés sous la chaleur de leur mère.

Les deux petits coururent vers moi à toute allure et attrapèrent chacun deux gâteaux et les dévorèrent à pleine bouche, leurs joues pleines de crème en furent témoins...

"Qu'est-ce que c'est bon maman !", répétait Mandy.

Et je vous laisse imaginer sa tête lorsque je lui expliquais que je serais amenée à faire souvent de succulents goûters surprises !

Le meilleur viendrait lorsqu'elle saurait que sa maman était sur le point de devenir Chef, bon là j'exagère un peu, mais ce jour-là, baignée dans les émotions contradictoires de la journée, après être passée par l'angoisse, la peine, la résignation, puis l'espoir et la joie, en faire trop ou pas assez, là n'était plus la question.

Pour une fois, j'avais juste envie, juste besoin de souffler, de profiter du moment présent et de ne plus m'inquiéter.

Oh, je savais bien que ce n'était qu'une pâle éclaircie dans ma vie, un bref moment de paix au milieu d'un chaos monumental, mais c'était "MON" éclaircie, "MON" moment de paix, et j'en avais juste besoin pour ne pas devenir folle.

Alors, nous sommes rentrées à la maison, et nous nous sommes empiffrées de gâteaux et de lait, comme deux gamines du même âge. Autant dire que nous n'avions pas faim au dîner, mais pour une fois, on s'était vraiment amusé.

On a fait des batailles de polochons, elle m'a raconté sa journée avec Gaspard, je lui ai raconté la mienne, je lui ai fait part de mon rêve de déménagement, qu'on allait éplucher les petites annonces pour trouver un appartement plus grand où ma petite chérie aurait une chambre pour elle toute seule qu'elle pourrait décorer à son goût.

Elle sauta de joie, et on a fini la soirée en surfant sur mon téléphone, allongées sur le matelas, pour découvrir les meubles pour enfant près de chez nous,

On s'est endormi sans s'en rendre compte, sans s'être changées, sans s'être brossées les dents, dans un bazar absolu, un bazar ABSOLUMENT MAGNIFIQUE.

Petit à petit, notre vie devenait plus douce.

J'allais travailler tous les matins dans une ambiance bienveillante, les vacances d'été n'étaient pas encore finies, Mandy allait chez Gaspard quand elle n'était pas au centre. Pour remercier ses parents, je leur déposais un panier garni de mes préparations de la semaine, il y avait toujours une partie que l'on ne présentait pas aux clients pour diverses raisons d'ailleurs. Les biscuits moins bien réussis ou trop cuits par exemple, leur goût restait fort agréable pourtant et tant mieux.

Comme convenu, Madame Henkel m'aida les premières semaines, puis elle me fit confiance et se mit à m'apporter les recettes ainsi que les denrées en milieu de semaine.

Le samedi, elle repassait, nous chargions le tout dans sa camionnette, direction le lieu des festivités.

Parfois, Mandy m'accompagnait, elle nous regardait dresser le buffet en feuilletant un livre ou en jouant avec sa grande poupée qui ne devait plus se cacher.

Quand tout était fin prêt et que nous avions l'aval du client, nous repartions chez nous pour profiter du week-end.

La rentrée scolaire arriva vite, Mandy entra en moyenne section, elle était toujours dans la classe de Gaspard et avait retrouvé ses petits camarades avec joie dans la cour de récréation.

Les choses semblaient enfin vouloir se normaliser.

J'étais soulagée de pouvoir inscrire un métier sur la fiche d'information de l'école.

Je commençais aussi à stabiliser mes comptes et même à mettre un peu d'argent de côté, pas grand-chose mais pour une fois, c'était de l'argent que Cyrrius ne me volerait pas.

Je songeais tous les jours à ce nouvel appartement et je devais avoir assez pour la caution maintenant.

Tout ceci m'apportait beaucoup de joie, un sentiment de douceur et de lâcher-prise qui m'était devenu inconnu avec le temps, au fil de mes déboires.

Je me surprenais à avoir peur d'être heureuse, peur de croire en un avenir meilleur.

A chaque fois que j'avais fait confiance à quelqu'un, j'avais été déçue, poignardée dans le dos, et je ne voulais plus jamais que cela ne se reproduise.

Alors, je travaillais de mon mieux pour mes deux employeurs et j'essayais d'envisager un déménagement et des fêtes de Noël dans un lieu plus décent.

Le soir, lorsque Mandy était dans les bras de Morphée, je m'extirpais du matelas à pas de loup pour parcourir les sites des agences immobilières, les sites de mobilier à prix abordables.

Quand je ne travaillais pas, je visitais des appartements, le plus possible.

J'avais dressé un périmètre à proximité de l'école de Mandy, mais tout y était trop petit ou trop cher. Il nous fallait un trois pièces, chacune notre chambre et un salon.

L'idéal aurait été une petite maison pour avoir une petite terrasse ou un bout de jardin, prendre le petit-déjeuner dehors, planter quelques fleurs, voir Mandy courir derrière son ballon : un privilège que je n'avais pas eu.

Mais il fallait être réaliste, une maison, même petite, nécessitait une bonne garantie, et puis, pour peu que son état soit correct, le prix grimpait sensiblement.

J'avais bien visité une maisonnette abordable, mais elle nécessitait de nombreux travaux que je ne pouvais pas me permettre. Un mardi après-midi, je me rendais à un énième rendez-vous, une maison à trente minutes à pied de l'école.

La façade était tristounette, un peu lézardée par endroit. L'agent immobilier me fit entrer sans conviction.

La vieille cuisine était aménagée, le style n'était pas très contemporain, mais on pouvait au moins s'y asseoir. Les deux chambres étaient plutôt petites, c'est vrai, mais au moins elles seraient plus faciles à chauffer.

Ce qui m'a fait craquer, vraiment craquer, ce n'est pas l'intérieur, mais plutôt le petit jardin derrière la maison.
 Avec la haute clôture, pas de vis-à-vis, de la pelouse, un petit coin pour une terrasse, avec un peu d'imagination, certes, mais l'imagination et l'espoir ne sont-ils pas nos meilleurs amis ?

Si j'étais intéressée, je devais déposer une foultitude de documents.
Je rentrais à la maison afin de mettre le nez dans l'énorme caisse qui rassemblait la tragédie de ma vie : factures, bulletins de salaires…

Une chose m'interpella : mon salaire de comptable était insuffisant et maintenant que j'y pensais, Madame Henkel ne m'avait transmis aucun bulletin de salaire depuis que je travaillais pour son traiteur.

Je recevais bien un virement après chaque prestation, mais j'avais besoin de mes bulletins de salaires, et avec toute cette agitation, je n'y avais même pas pensé.

Je l'appelais à plusieurs reprises, sans succès.

Je jetais un œil à ma montre : il était temps de récupérer Amanda.

Je lui racontais ma dernière visite, elle était folle de joie, posait tout un tas de questions, voulait connaître le moindre détail. Alors je lui promis de l'emmener voir la maison mercredi.

Une fois mon petit ange couché, je rappelais madame Henkel et lui laissais un message cette fois. Le lendemain, la journée s'annonçait bien : le temps était clair, la température douce.

Nous partîmes en direction de notre nouveau chez nous. Pour la première fois depuis longtemps, je voyais ma petite fille vraiment heureuse, elle passait d'une pièce à une autre en imaginant comment placer les meubles que nous allions acheter.

Le plus émouvant fut lorsqu'elle découvrit le petit jardin : elle sautillait de joie, caressait l'herbe, se roulait dedans.
L'agent immobilier me fit remarquer qu'il s'était déplacé deux fois pour moi et qu'il allait falloir que je me décide vite car d'autres personnes étaient en lice pour louer ce bien.

Je ne savais pas s'il bluffait ou non, mais je promis de faire au plus vite, et dès mon retour à la maison, je recommençais à appeler madame Henkel.

Elle finit par me répondre. D'un ton passablement agacé, je lui fis comprendre la situation et l'enjoignais à me faire parvenir mes bulletins de salaires.

Elle parut gênée : « Tu sais ma grande, je fais ce travail en complément de ma petite retraite et je te l'ai proposé pour t'aider à vivre mieux avec ta petite princesse, balbutia-t-elle.

-Mais comment ça, je ne comprends pas, vous voulez dire qu'il n'y a pas de bulletins de salaires ?

-Non, ma chérie, sinon le traiteur ne nous aurait pas engagées, on lui rend service, il nous rend service.

-Oui, mais sans bulletin, on ne me louera jamais la maison !

-Je suis désolée ma belle, vraiment désolée. Mais je ne peux rien faire à ce niveau-là. »
J'étais encore une fois anéantie, je ne pus retenir mes larmes. Je tombais à genoux sur le sol dur, fatiguée d'être toujours et encore déçue, fatiguée d'être toujours l'imbécile de l'histoire.
Amanda courut vers moi, laissant tomber sa poupée. Elle me serra très fort pour me

consoler et me dit : « ça va pas maman ? Dis, qu'est-ce que tu as ?»

Reprenant mes esprits, je la pris sur mes genoux, en lui caressant les cheveux, je tentais de lui expliquer que je n'allais pas avoir assez d'argent pour louer cette maison mais que je trouverai vite autre chose. Je fus surprise par tant de maturité : elle me serra deux fois plus fort, puis me fixa droit dans les yeux, du haut de ses quatre ans, me donna une grande leçon de vie.

« C'est pas grave, maman, il faut toujours essayer et à force, on trouvera une jolie maison faite pour nous deux ».

Je la regardais, et un immense sentiment de fierté m'envahit : j'allais tout faire pour vaincre ce nouveau coup du sort.

Je nous préparais un bon chocolat chaud, et proposais de regarder la Reine des Neiges.

Bien emmitouflées dans une couverture, serrées l'une contre l'autre, nous étions prêtes

Et pendant que les minutes du film défilaient, je me surprenais à laisser mes pensées vagabonder, elles cherchaient une solution, ces adorables pensées et il fallait qu'elles la trouvent pour ne pas décevoir une petite fille naïve qui pensait que comme dans les films, les gentils gagnent toujours.

On est toutes un peu cette petite fille au fond, on croit tout au fond de nous que tout ira bien, qu'on le mérite et que forcément tout va s'arranger, l'univers nous observe avec bienveillance et un miracle va se produire, c'est sûr.

Je crois que c'est Benjamin Franklin qui a dit que la constitution ne garantit pas le bonheur, seulement la poursuite de celui-ci, vous devez le rattraper vous-même.

Je pense que certaines personnes ont besoin d'avoir beaucoup plus de souffle que d'autres pour gérer cette course, et que si pour certains c'est un sprint, pour d'autres, c'est une course de fond…

Le lendemain, pendant que ma fille était à l'école, une envie aussi soudaine qu'irrépressible de régler mes comptes me prit et en un claquement de doigts je me retrouvais devant la boutique de mon fameux traiteur.

J'étais sur le trottoir, il pleuvait à verses, je n'avais ni capuche, ni parapluie, mon vieux manteau n'était pas bien épais et il était aussi trempé que si je m'étais jetée dans un fleuve à peine une minute plus tôt.

Mais je vous prie de croire que je n'avais pas froid, je ne frissonnais pas, je ne sentais même pas les gouttes s'écraser contre moi. Je bouillais intérieurement, la seule chose que j'essayais de garder en tête était qu'il ne fallait pas que je l'étrangle.
Je devais me maîtriser. Rester à savoir comment.

Je pris une forte inspiration avant de pousser la porte.

Monsieur Maronnaud se tenait là, debout, le téléphone à la main, notant probablement une commande.

Je claquais violemment la porte afin de manifester ma présence.

Il me fit signe de patienter avec un sourire. Je commençais à faire les cent pas, ces minutes étaient interminables. Enfin, il se tourna vers moi : « Désolé, en ce moment c'est de la folie, que puis-je pour vous ? ».

Je pense que cette question n'était définitivement pas la bonne.
J'étais littéralement hors de moi et me mis à hurler comme jamais encore : « Comment avez-vous pu me faire travailler sans contrat de travail ? Vous savez bien que j'élève seule ma fille, vous voulez m'envoyer en prison ou quoi ? A cause de vous, je n'ai pas les papiers nécessaires pour déménager, vous vous rendez compte de ce que vous m'avez fait ? ».

Il me regardait, l'air incrédule. Quelques longues secondes passèrent. Il me regarda droit dans les yeux et me fit asseoir.

« Je ne comprends rien à ce que vous me dîtes. Madame Henkel a exigé de ne pas être déclarée et elle m'a assuré que vous non plus ne vouliez pas de contrat, que c'était plus intéressant pour vous au niveau du salaire. Ça ne m'arrangeait pas du tout vous savez, mais c'est une vieille amie et une excellente cuisinière, je croyais vous rendre service c'est tout ».

J'étais atterrée. Qui disait donc vrai ? Madame Henkel savait bien que j'avais besoin de pouvoir justifier de mes ressources, j'ai toujours été très à cheval sur les procédures. Avec un mi-temps, je n'avais aucune chance de trouver un logement décent, d'acheter une voiture ou quoi que ce soit d'ailleurs.

« Vous voulez dire que vous êtes prêt à me faire un contrat en bonne et due forme ?

-Mais bien sûr, au contraire. Vous gagnerez moins au final, mais je peux demander à mon comptable de s'en occuper dès aujourd'hui, je vous l'envoie signé demain et vous me rapporterez mon exemplaire ».

J'étais soulagée, incroyablement soulagée. Si je n'étais pas venue moi-même, je n'aurais jamais eu le fin mot de l'histoire.

Je me confondais maintenant en excuses, expliquant ce qui venait de m'arriver, mais mon patron était déjà passé à autre chose, le nez dans son planning, il griffonnait à tout va.

Je sortis donc. Le cœur plus léger qu'en entrant, mais avec quand même une petite boule au ventre.

Disait-il la vérité ? Aurais-je vraiment mon contrat si vite ? Pouvais-je compter sur le courrier postal ?

Quelles étaient les réelles motivations de madame Henkel ? Et pourquoi n'avait-elle pas fini par lui dire la vérité, sachant que monsieur Maronnaud pouvait régler le problème facilement ?

Cela faisait trop de questions et d'incertitudes. Encore. Je commençais à sentir la pluie et j'étais glacée, trempée jusqu'aux os.

Mais sans voiture, le chemin était encore long et il n'y avait pas de ligne de bus directe. Alors, j'entrais dans un petit café pour me réchauffer en espérant que le temps s'éclaircisse un peu.

J'avais besoin d'être rassurée et le temps jouait cruellement contre moi, comme toujours. J'eus alors l'idée d'envoyer un message à mon patron, je lui proposais de venir signer mon contrat en début d'après-midi, comme ça je serai fixée au moins sur un point, et pas des moindres.

Juste après, j'envoyais aussi un message à l'agent immobilier, pris un rendez-vous pour samedi matin afin de déposer mon dossier complet de demande de location. Et dans la foulée, parce qu'on dit que la chance ne sourit qu'aux audacieux, je cherchais un véhicule à louer aussi.
Acheter n'était pas possible pour l'instant. Mais un véhicule était plus que nécessaire pour les courses et tous les trajets vers l'école et le travail dans le froid, avec plusieurs bus aux horaires aléatoires.
Dans une petite voiture, nous aurions un peu de sécurité et de confort.

Au bout d'une heure je rentrais enfin à la maison après avoir récupéré ma petite à l'école.
Je ne lui parlais pas de ma journée pour ne pas lui donner de fausse joie. Encore.
Demain, je serai fixée, mais que demain était loin !

Les minutes de la soirée s'égrainaient au ralenti, et le vendredi matin, il me faudrait aller travailler, sourire à tout le monde, rester concentrée, répondre aux questions, être d'alerte avant de rejoindre mon activité. Pour le meilleur ou pour le pire…
Quoi qu'il en soit, je n'avais plus de nouvelles de madame Henkel. Mais avec une voiture, je ne dépendrais plus d'elle, je pourrais apporter moi-même mes préparations.

C'était quitte ou double. Ou ce vendredi, j'obtenais mon contrat, louais une voiture et relevais la tête, ou j'échouais. Encore. On ne vit qu'une fois, me direz-vous, heureusement, vous répondrais-je !

Parce que franchement, pour moi, la vie n'aura été qu'une succession de galères, de trahisons, de déceptions, de tristesse sans cesse renouvelée. Toujours devoir prouver que l'on est à la hauteur, toujours pardonner, toujours essayer de se faire aimer pour voir au final que tout cela n'est qu'un jeu de dupe. Vos amis ne sont jamais vraiment vos amis, vos proches sont souvent beaucoup plus loin que vous ne l'imaginez. On se berce d'illusions, on s'auto-flagelle : "Si j'avais dit ceci, si j'avais fait cela… ». Mais à quoi bon ? Les autres, ceux qui vous font du mal, eux, jamais ne se torturent. Ils vivent pour eux, tantôt vous leur êtes utiles, tantôt moins.

Et vous vivez au gré de leurs émotions. Le temps passe, et vous finissez par croire que c'est normal de ne jamais vous sentir en sécurité, de ne jamais être appréciée, d'être toujours sur le qui-vive, de guetter la mauvaise nouvelle, qui, elle, ne vous oublie jamais, où que vous soyez.

Dès lors que votre propre mère vous met de côté définitivement, je crois que vous perdez vos repères, votre confiance en vous, vos espoirs.

Si Cyrrius avait été un bon mari, j'aurais certainement surmonté cela, je n'aurais pas eu à me battre seule pour survivre, ma maison aurait été un havre de paix, l'endroit le plus important du monde, le seul où l'on peut se ressourcer.

Mais nous connaissons tous les « si », ils nous replongent dans notre douleur indéfiniment. Oubliés les «si».

Demain, je saurai…
Enfin, le vendredi midi arriva, je marchais comme une folle, traversais les passages piétons en courant et j'arrivais à midi quarante-cinq. J'entrais et j'allais tout droit vers le bureau, je m'attendais déjà à la suite : « Désolé, mon comptable est tombé malade… »,

u alors « j'ai trop de travail en ce moment, je vous ai complètement oublié… ». Ou mieux encore : « Mais de quoi me parlez-vous donc ? ».

Je m'assis, respirant profondément pour me calmer.

Monsieur Marionnaud n'avait pas levé les yeux de son ordinateur.

Soudain, il tourna sa chaise sèchement vers la gauche, ouvrit le deuxième tiroir de gauche et me tendit un papier. En tremblant, je le pris : c'était bien mon contrat, il indiquait un salaire mensuel pour trois événements mensuels minimums par mois, c'était un CDI. Les larmes me montèrent aux yeux. Je commençais à penser que pour que la chance se tourne vers vous, il est d'abord préférable de croire que cela n'arrivera jamais.

Maintenant, j'allais enfin pouvoir prendre ma vie en main et plus personne ne se mettrait en travers de mon chemin. J'avais connu le pire. Prochaine étape de la journée : signer la location de ma petite voiture.

J'avais déjà pris tous les renseignements et j'avais sélectionné un petit garage et repéré une petite trois portes rouges. Bon, pour le coté discret, on repassera mais côté pratique, rien à dire. Je jetais un œil à ma montre, nous étions en début d'après-midi, j'avais encore du temps avant la sortie de l'école.

Avec un peu de chance, je pourrais récupérer la voiture pour seize heures trente.

J'arrivais sur place, haletante, et je jetais un œil affolé au hublot du bureau du commercial : il était seul. Ouf ! Je me ruais sur la porte comme la misère sur le monde. Il sursauta, il dut aussi me prendre pour une folle au passage, mais ça n'avait guère d'importance ? Sur le moment.

Donc, je m'installais rapidement, expliquais le pourquoi de ma visite en dépliant toute la sacro-sainte paperasse.

J'étais déjà passée plusieurs fois et j'avais essayé plusieurs voitures. Mon choix était arrêté.

En moins d'une heure, je repartais en voiture vers l'école de ma fille chérie. Je sortais de la voiture, garée face à la grille, et je restais debout face à elle. J'avais enfin une voiture à moi, une voiture qui roule vraiment, avec moins de 100000 km au compteur. Je n'aurais plus à stresser à l'idée de tomber en panne n'importe où, je pourrais faire mes courses sans porter des sacs comme un mulet, sans avoir les mains qui brûlent, sans avoir à faire des pauses sur le chemin, avec tous ces gens qui vous regardent comme si vous aviez deux têtes.

Je n'aurais plus à jongler entre les improbables lignes de bus, sans abri dans le froid et sous la pluie, je pourrais enfin réduire le temps de trajet entre la maison, mon travail et l'école.

C'était trop beau pour être vrai. Seize heures trente sonnèrent. Les petits se mirent à courir dans tous les sens dans la grande cour. Je vis enfin Amanda, son manteau rouge la distinguait clairement dans la masse des enfants vêtus de noir.

Son regard alla vers la voiture rutilante, elle marchait en la regardant sans même me voir. Puis enfin, elle me remarqua, l'air incrédule tout de même.

Elle sauta dans mes bras sans oser me dire quoi que ce soit. Alors, je lui souris et lui ouvris la porte arrière de notre carrosse.

Elle s'installa fièrement, regardant ses camarades s'éloigner tranquillement. Nous nous mîmes en route vers le grand magasin, histoire d'acheter de quoi fêter l'événement.

Pour la première fois depuis longtemps, j'allais pouvoir manger à ma faim tous les jours sans avoir à concéder une chose ou une autre. Dès demain, nous avions rendez-vous pour louer la maison et enfin, nous allions prendre un nouveau départ. J'avais relevé la tête pour de bon cette fois, et plus jamais je ne laisserai quelqu'un me mettre plus bas que terre. La soirée se déroula comme un charme.

Ce qu'il y a de plus formidable dans la vie réside souvent dans les choses les plus simples. Des choses que tout le monde a ou croit avoir.

Des choses que d'autres recherchent désespérément. Et moi, dans tout ça, j'étais au milieu de ce torrent de sentiments contradictoires. A la fois heureuse d'avoir un véhicule, même en location, satisfaite de voir ma fille sourire, franchement, sans l'ombre d'une angoisse aux coins des yeux. Pouvoir dîner, se projeter vers un avenir meilleur, s'imaginer installées dans cette fameuse maison...

Oh, pour bien des gens, elle ne ressemblait à rien cette maison, mais pour nous, c'était le symbole d'un havre de paix, un endroit à nous, que l'on a pu choisir, sans mauvais souvenir, sans huissier à la porte, avec de la place pour chacune et un petit jardin pour respirer.

Cette maison ne ressemblait peut-être à rien, mais avec les yeux du cœur, c'était un véritable palais. Et plus la soirée s'écoulait, plus je sentais ma vilaine ride du souci réapparaître sur mon front : j'étais tellement habituée à voir mes projets capoter que j'essayais de préparer mon cœur à une répétition de cette scène devenue culte à mon insu.

Je regardais Amanda s'endormir le sourire aux lèvres et mes doigts se crispaient sous les draps.

Je ne supporterai pas de la décevoir après tout ce qu'elle avait subi.

J'avais fait mon maximum, l'agent immobilier m'avait confirmé que tout était en ordre, pourvu que je lui ramène mes deux contrats, et je les avais.

Mais une petite voix, une méchante voix, une voix austère raisonnait dans ma tête et m'empêchait de dormir.

Qu'allait-il donc encore se passer ? Qui allait mettre mon rêve par terre ?

J'aurais voulu que l'on m'assomme pour cesser de penser à toutes ces choses, j'aurais juste voulu m'endormir...en paix, pour une fois...

Inutile de vous dire que je me levais bien avant la sonnerie du réveil. A vrai dire, j'avais la sensation de ne pas avoir dormi, de m'être assoupie juste un court instant.

En un clin d'œil je dressais la table, réveillais Mandy et rangeais ce qui nous servait de chambre.

Toilette, petit-déjeuner, habillage, coiffure, et nous voilà en route.

Et c'est là que vous allez être surpris chers lecteurs, car rien, non rien ne se passa. Je ne croisais pas d'aliens sur ma route, je n'oubliais pas ma paperasse, ma chemise n'était pas tâchée de café, la maison était toujours à sa place et l'agent immobilier nous attendait le pied ferme.

Pas de concurrence, pas de bataille, pas de souci de dernière minute, Rien…
L'agent paraissait même plutôt pressé de boucler l'affaire, tout fut signé en quelques minutes, montre en main. Il me remit les clefs et partit.
Je regardais autour de moi, incrédule : ça y est, j'avais réussi !
Je me mis à genoux et pris Mandy dans mes bras, je la serrais si fort qu'elle devait en avoir mal mais elle ne dit rien, son sourire irradiait dans toute la maison.
Nous refîmes le tour du propriétaire, histoire de réaliser un peu ce qui se passait.
C'était comme un rêve, un rêve éveillé. J'en avais les larmes aux yeux ;
J'appelais Madame Henkel pour lui raconter tout cela. Je lui en voulais toujours de m'avoir menti au sujet du contrat, mais son nébuleux mensonge n'enlevait en rien le fait qu'elle avait été là pour nous au moment où nos proches nous avaient tourné le dos et étant donné que nous étions amenées à continuer à travailler ensemble, le mieux était d'aller de l'avant.

Elle parut sincèrement soulagée que j'ai pu louer la maison et proposa même de nous aider à déménager.

Nous n'avions pas grand-chose à emporter, mais plus vite cela sera fait, mieux cela vaudrait. Alors j'acceptais et le week-end suivant, le vieux studio fut vidé, nettoyé et la petite maison occupée par une maman sans mari et une petite fille aux anges. "Comme quoi il y a une justice", pensais-je. Je jetais un dernier coup d'œil à la boîte aux lettres avant d'enlever mon nom sans regrets. J'y trouvais une grande enveloppe, quelle fut ma surprise en découvrant que Cyrrius demandait le divorce !! Je ne savais pas ce qu'était devenue MA demande de divorce, mon avocat ne l'avait soi-disant jamais retrouvée. Je lui en parlerai demain, pour l'instant, j'allais rejoindre ma poupée et réfléchir à mon plan de réameublement. Le lendemain, je contactais mon avocat. Après un long silence, il sembla se souvenir vaguement de mon dossier et déclara que l'initiative de monsieur était une bonne nouvelle.

Je ne savais pas comment il avait eu mon adresse, lui, mais j'avais bien compris que pour mon noble conseil, je n'étais pas la cliente la plus rentable et que par voie de conséquence, il faisait peu de cas de ma situation. Je lui faisais tout de même remarquer que j'avais réglé seule les dettes de monsieur dans des conditions pénibles et que je n'avais jamais touché le moindre centime de pension alimentaire. Il me demanda alors de rédiger une demande de remboursement de l'arriéré en demandant le versement mensuel pour l'avenir : le juge trancherait.
Je me disais que j'allais enfin voir le bout du tunnel. Puis j'appris presque par accident que Cyrrius avait fini par monter son entreprise de plomberie qu'il gérait seul, il avait même embauché deux salariés. Je ne m'inquiétais donc pas, certains diront que plaie d'argent n'est pas mortelle, mais ces gens-là ont-ils jamais manqué d'argent ?

Parce que, lorsque vous êtes sans le sou, vous n'êtes plus rien, tout ce que vous étiez disparaît, vos actions, vos pensées se dissipent et vous devenez vite une ombre.

Vous avez tellement de choses à payer, que vous ne savez plus par quoi commencer, vous craignez le facteur comme la peste, puis vous achetez au moins cher, avec la qualité qui va avec.
Si vous avez une progéniture, vous faîtes tout pour qu'elle ne manque de rien et pour sauver les apparences, en attendant des jours meilleurs. Et durant cette attente, votre santé se dégrade, vous forcez sur le maquillage pour vous donner bonne mine, vous vous entrainez à sourire devant un miroir tellement votre mâchoire est crispée.
Il n'y a rien de pire que de se demander comment faire pour s'en sortir ce mois-ci,

repousser les factures au mois suivant en sachant d'avance que le problème se répètera, mais que peut-on y faire ???? Et à ceux qui diront, "tant qu'on a la santé", je rétorquerai d'expérience que sans argent, il n'y a pas de santé, et bien souvent, on frôle la mort si on ne la rencontre pas tout court. C'est donc l'esprit apaisé que je commandais la chambre de Mandy et la mienne, un sofa et un meuble pour la télévision. C'était l'essentiel, pour le reste, on pouvait attendre encore trois ou quatre mois, histoire de lisser les dépenses.

Mon travail de comptable me convenait, c'était dans mes cordes, l'ambiance était calme, chacun restait dans son coin en fait. Cela m'allait, à vrai dire. J'avais besoin de calme, de concentration.

Quant au traiteur, tout allait à la perfection, j'avais des contrats réguliers, le bouche à oreille fonctionnait de mieux en mieux, je commençais même à planifier des repas pour les mariages de l'été prochain. Un soir, je faisais mes comptes et me prit à rêver en tablant sur la restitution des sommes avancées et sur la pension alimentaire : je me disais que je pouvais commencer à commander des cadeaux de noël, les tarifs ne feraient que monter de toutes façons.

Je visitais mes sites favoris, le cœur léger, et commencer à acheter la jolie poupée à taille humaine qui se mettra à table à côté d'Amanda, sa tête à coiffer qu'elle pourrait chouchouter assise sur son lit, et ce merveilleux livre de contes de fées qui ressemblait tant à celui que je lisais enfant. Je me déconnectais, fière de moi, de ce que j'avais réussi à accomplir contre vents et marées, et dans l'indifférence générale qui plus est.
Puis, je pensais qu'une pendaison de crémaillère serait une bonne occasion pour faire la fête.
Je n'avais pas grand-monde à inviter mais je songeais au couple Henkel, à mes parents, aux parents de Gaspard. Nous serions un petit comité, et pourquoi pas ?
Je regardais le calendrier : le samedi dans quinze jours, il n'y avait rien de prévu. Alors c'était décidé.
L'avantage du célibat, c'est qu'il est toujours facile d'être d'accord avec soi-même.
J'envoyais donc des textos aux intéressés, les conviant pour midi.
J'étais devenue experte en réception, et on me laissait récupérer des chutes utiles pour la décoration, et ça, c'était vraiment ma passion.

Je passais donc les jours suivants à imaginer le thème plutôt floral du déjeuner, en c(
hiver froid, le contraste serait vivifiant.

Un après-midi, quelqu'un frappa fortement à la porte. Je me demandais à qui j'avais
affaire.
Pas de réponse, si ce n'est des coups plus forts.
J'allais à la porte, inquiète, je pensais encore à un huissier (les vieilles habitudes ont la
vie dure), je jetais un œil par le judas. Je vis un petit bonhomme, et plutôt énervé même
Pour m'en débarrasser, j'ouvrais, bien décidée à lui rappeler les règles élémentaires de
courtoisie. A peine m'étais-je exécutée que je fus projetée deux bons mètres en arrière,
par une force incroyable. Mon dos me faisait mal, je peinais à me relever en criant sur
cet affreux personnage qui eut le culot de refermer la porte d'entrée et de s'approcher c
moi, de me cracher au visage en déchirant le document proposé par mon avocat.
Je n'y comprenais rien...Cyrrius Eh bien non, quand même pas !!!! Il y a des limites à
tout, même à son absurdité. Mais reprenons, ce fou furieux me hurla dessus : " Si tu
crois que Cyrrius va accepter ça, tu rêves ma vieille, il doit s'occuper de sa famille !!!" E
en disant ces derniers mots, il agita nerveusement devant mes yeux la photo d'un
garçonnet, Je commençais tout juste à comprendre que cette chose était son compagnor

"On a besoin que tu signes vite le divorce pour qu'on puisse se marier, tu piges ou pas

-Mais ça fait des mois que j'ai demandé le divorce, ton Cyrrius s'est tiré sans donner
de nouvelles ! Mais j'ai payé ses dettes et on a une fille alors…" Il me coupa la parole e>
m'assénant une gifle d'une violence inouïe. On était loin du tableau angélique du jeune
couple amoureux.
-Il n'est pas question que Cyrrius dépense un centime pour ta bâtarde, reprit-il de plus
belle, il vous a assez supporté comme ça. Tu signes et basta". Il me tendit un document
que je lus en travers, je compris qu'il voulait que je renonce à réclamer les arriérés de
pension alimentaire. Je ne savais même pas si c'était légal, mais là, je ne pouvais pas
vraiment contacter mon pseudo avocat. Je fis non de la tête. Il sortit alors un grand
couteau de son manteau, décidément, c'était de mieux en mieux, il l'avança sous ma
gorge. Je signais. Il claqua la porte en sortant. Je restais là, pétrifiée, le visage endolori, >

dos et le cœur meurtri. Il nous avait donc quittées pour ça ? Qu'allais-je bien pouvoir dire à Mandy ? Quelle heure était-il ? Presque la sortie d'école. Je réussis à me lever et à jeter un œil au miroir : la marque était nette. Je cherchais vite une poche de glace, mais le temps pressait. Je dû me maquiller lourdement et laisser mes cheveux tomber sur le côté pour camoufler au mieux l'incident. En roulant, je pensais, qu'allais-je donc faire ?

Les jours suivants auraient dû être joyeux, pour la première fois j'avais une petite maison, en location d'accord, mais une maison quand même, une voiture, en location aussi, mais surtout deux activités qui me permettaient de ne plus avoir à stresser pour le lendemain.
Fini les dettes, fini la faim, fini la terreur des huissiers et des coupures d'eau et d'électricité.
Je souriais malgré moi. Oui, ce qui venait de se passer était très grave, oui je devrais porter plainte.

 Mais j'étais seule et épuisée par toutes ces batailles, et je ne connaissais même pas cet homme, son nom, je n'avais pas de preuves de son agression.
Une plainte aurait ramené des conflits violents à la maison, Cyrrius s'en mêlerait et son copain semblait complètement dérangé… Le traitement d'une plainte pouvait durer des années, comment vivrais-je tout ce temps, comment pourrais-je être sûre de garder Mandy en sécurité dans ces conditions ???? J'appelais mon avocat pour savoir s'il avait reçu des documents de mon futur ex-mari, il confirma avoir reçu une attestation signée de ma main dans laquelle j'accepte le divorce sans condition. Il n'avait apparemment pas jugé utile de m'appeler pour me demander de quoi il retournait.

Pas assez rentable, vous disais-je… Il me dit qu'il allait tout de même demander la pension alimentaire à venir, mais pour l'antériorité, j'y avais renoncé. De même, j'avais fait une croix sur le remboursement de ses dettes… Je lui expliquais tout de même ce qui m'était arrivé et pourquoi je préférais en rester là. Il se contenta de me signifier que le divorce serait réglé très vite et qu'il m'enverrait ses honoraires.

Comme d'habitude, c'était encore à moi de gérer ce carnage, est-ce qu'un jour on s'habitue à être toujours seule ??? J'avais une pendaison de crémaillère à préparer et les

jours filaient, je m'y jetais donc à corps perdu. Il valait mieux voir le verre à moitié plein : ce divorce était le nouveau départ dont j'avais désespérément besoin. Et puis, il ne demandait pas de droit de visite, il n'avait jamais supporté la venue au monde de la petite, et au moins, on pouvait lui reconnaître ça, contrairement à d'autres, il ne jouait pas au père éploré. Il avait tourné la page, moi aussi.
Mais dans un coin de ma tête, je ne pouvais m'empêcher de le maudire, comment avait-il osé m'envoyer cet énergumène? Mon cœur se fissurait de l'intérieur de détresse et de tristesse.

Avec tout ce que j'avais fait pour lui toutes ces années, j'avais très envie de pleurer très fort comme pour me vider de tout ce mal qui revenait encore et toujours me ronger.
Mais non, non et non, cette fois-ci, je ne me laisserai pas écraser comme ça.
J'allais organiser ma fête comme prévu, le nez dans le guidon, en mode pilotage automatique.
Tout le monde répondit par sms à mon invitation et Amanda était ravie.
Elle préparait les disques, de mon côté, je finalisais les achats.

Bien sûr, maintenant que je devais faire une croix sur le remboursement de tout mon argent, je devais être prudente. J'allais acheter le mobilier à crédit en payant en plusieurs fois.
Le grand jour arriva. De gigantesques guirlandes de fleurs traversaient le salon de part en part.
Mon nouveau canapé d'angle rouge trônait au milieu de la pièce et j'avais disposé toutes sortes de petits fours et de biscuits dans de petites assiettes en carton.
J'avais disposé du jus d'orange, des boissons gazeuses et même une bouteille de champagne.
J'attendais tout le monde pour leur faire découvrir mon buffet froid.

Un tapis très doux s'impatientait de voir les enfants lui faire de gros câlins. La petite y avait déjà placé des poupées, un jeu de construction, et des cahiers de coloriage.

Pour nous mettre dans l'ambiance, je lançais la musique.
Les parents de Gaspard, Eloïse et Bernard arrivèrent les premiers avec une très jolie

corbeille de chocolats, de biscuits et de fruits. Gaspard s'empressa de se rouler sur le tapis comme prévu.

Je jetais un œil par la fenêtre, et je ne pus m'empêcher de remarquer une grosse voiture toute neuve qui manœuvrait à répétition pour faire un créneau à distance de la maison. Mon intuition me conduisit à la surveiller, chose que je ne fais jamais d'ordinaire.

Quelle ne fut pas ma surprise de voir mes parents sortir de ce sublime véhicule pour marcher ensuite sur une vingtaine de mètres alors que plusieurs places de stationnement étaient libres juste devant chez moi ! Ils sonnèrent. Mandy courut leur sauter au cou, elle ne les avait pas vus depuis longtemps. Elle les réclamait tous les jours en vain.

Ils avaient persisté à répondre le plus rarement possible au téléphone, prétextant toujours quelque chose. Ma mère commença par se plaindre d'avoir souffert de la circulation difficile dans cette ville, cela dura un moment sans que personne ne renchérisse. Mon père était parti jouer avec les enfants, puis ils discutèrent avec mes amis de choses et d'autres.

Puis le couple Henkel arriva, je sentis soudain une gêne s'installer, mais je ne pouvais en deviner la cause et franchement, cela m'était devenu bien égal, toutes ces histoires où les gens se fâchent, se rabibochent, se re-fâchent, et vous êtes là, à écouter les différentes versions…

Puis tout le monde se mit à l'aise et on se mit à déjeuner. Mme Henkel m'avait apporté une horloge en bois pas trop imposante qui donnait un peu de cachet à l'endroit, mes parents m'avaient offert un fauteuil crapaud qui serait livré dans la semaine.

Tout le monde finit par être enjoué, riant de tout et rien, je me félicitais d'avoir gardé pour moi ma "mésaventure".

Mais Eloïse et Bernard avaient quitté le salon depuis un moment déjà, que faisaient-ils donc ?

Je pensais qu'ils étaient sortis s'aérer un peu et j'allais les chercher pour goûter au gâteau que j'avais préparé pour l'occasion.

Personne dans le jardin, je retournais à l'intérieur, au moment où je tournais le loquet de la porte arrière, j'entendis des voix, j'entrebâillais cette porte et je vis Bernard, le réservé

et gentil Bernard écraser le bras de sa femme en lui criant des inepties, animé d'une rage
impressionnante. J'étais stupéfaite. Ils avaient toujours formé le couple idéal pour tout le
monde, ils semblaient si unis, leur appartement était couvert de leurs photos de famille
avec tous les endroits qu'ils avaient visités, toujours un grand sourire aux lèvres. Je
fermais les yeux, les rouvrais pour être sûre d'avoir bien compris la situation.
Le ton avait baissé maintenant, mais il l'a gifla si fort qu'elle tomba par terre, puis il
partit vers le fond du jardin. J'accourais vers Eloïse, je la serrais très fort, sans parler.

 Elle pleurait, la joue écarlate, elle descendit la manche de son chemisier pour cacher la
marque de sa blessure. Au bout d'un moment, à la fois très long et très court, je prenais
son visage dans mes mains et la regardais droit dans ses yeux trempés, elle, toujours si
parfaite, était méconnaissable. "Depuis quand est-ce que ça dure ? osais-je demander.
Elle se remit à pleurer plus fort. Puis, elle reprit son souffle et balbutia :

 -Ça fait des années maintenant, il s'énerve sans raison, dès que je parle, il
s'énerve...Là, il m'a reproché d'être allée aux toilettes à peine arrivées, hier j'écoutais une
émission débile à la radio...L'autre jour, c'était parce que Gaspard était tombé à l'école...
C'est presque tous les jours.

 Il traîne à la maison toute la journée et quand je rentre de l'hôpital, il me tombe dessus,
Gaspard court se cacher dans sa chambre ». J'étais horrifiée. Je la pris dans mes bras un
instant, puis elle se dégagea, visiblement gênée de s'être confiée aussi facilement. Je la
laissais aller se rafraîchir dans la salle de bains et je rejoignais mes convives.

 Je fus étonnée de voir Bernard revenir rapidement, un large sourire sur les lèvres, les
bras chargés de bonbons pour les enfants. Ces derniers sautèrent de joie à son arrivée,
comme s'ils n'avaient jamais mangé de sucreries ! Quant aux adultes, ils ne tarissaient
pas d'éloges sur cet homme si gentil si altruiste, qui s'était absenté pour faire une jolie
surprise aux petits. Et il ne s'arrêta pas là, il se mit à quatre pattes sur le tapis, fit le
cheval de bonne grâce et se mit à construire un château avec des légos. Mandy et
Gaspard se prirent au jeu, trop heureux de bénéficier de cette aide providentielle. Mais
Eloïse ne revenait pas. Je ne voulais pas la brusquer. Je montais tout de même voir si

ut allait « bien ». Dans l'entrebâillement de la porte, je la vis se préparer et cette image restera à jamais gravée dans ma mémoire. Elle faisait ce que j'avais fait bien des fois moi aussi. Elle étalait des couches de fond de teint sur son bras et passait le sèche-cheveux dessus pour ne pas salir ses vêtements.

Elle s'était visiblement déjà occupée de son visage sur lequel aucun défaut n'était visible.

Je savais que je devais m'éclipser le plus discrètement possible, sans faire grincer la porte, ni couiner le parquet. Je retirais mes chaussons pour descendre en silence et filer à la cuisine, je demeurais la maîtresse de maison et j'avais encore beaucoup à faire. Je réalise que cette démarche était déplacée, avec du recul, cela n'avait rien d'urgent ni d'important. Peu de temps après, j'entendis quelqu'un rire aux éclats : c'était la voix d'Eloïse. Je jetais un œil au salon, elle s'amusait, plaisantait avec tout le monde, bref, l'Eloïse que l'on connaissait tous.

Mais moi, je savais maintenant que c'était de la comédie. Comment allais-je bien pouvoir l'aider ?

Le temps s'écoula, le repas était plutôt réussi, personne n'avait remarqué le malaise qui était pourtant bien réel.

Les invités partirent les uns après les autres, tranquillement, je n'avais pas eu l'occasion de reparler seule à seule avec Eloïse, et j'étais bien ennuyée à l'idée de la voir partir avec Bernard.

J'avais besoin de la garder ici chez moi, mais je ne savais pas comment faire. Bernard ne la laisserait jamais seule avec Gaspard chez moi, je comprenais maintenant quel genre d'homme il était. Il avait beaucoup de points communs avec Cyrrius, et si j'avais raison, il se méfiait de tout le monde et scrutait le moindre regard, le moindre geste. Je ne pouvais rien tenter, il fallait faire extrêmement attention à ce qu'il ne se doute de rien.

Je dû donc me résoudre à leur dire au revoir à tous les trois aussi. Cette nuit-là, je ne pus m'endormir avant l'aube, je songeais à elle et à son fils, je devais les sortir de là, mais comment ?

Le lendemain je l'appelais, je connaissais ses horaires habituels, elle devait être au vestiaire à cette heure-là. Je lui parlais de moi, de ce que j'avais vécu, je la rassurais, ne jugeais pas : elle restait muette. Je lui proposais un rendez-vous avec un avocat, il fallai qu'elle se protège, qu'elle protège son fils, qu'elle demande le divorce avant qu'un drame ne se produise. Elle semblait enfin attentive et accepta que l'on en parle ensemb d'abord, nous devions nous retrouver dans une petite brasserie discrète.

Je l'attendis, en vain. Son téléphone était éteint. Cela ne m'étonnait qu'à moitié. Lorsque l'on est engluée jusqu'au cou dans ce genre d'emprise, on n'a plus conscience de la réalité que l'on vit. On la voit à travers un prisme qui l'altère, jusqu'à la rendre supportable.

La personne parfaite s'est transformée progressivement en monstre, mais c'est justement cette lente progression qui fait que l'on a du mal à y croire. Et comme on n'o jamais en parler, on entend qu'un seul son de cloche, jour après jour, un peu comme dans une dictature où tout le monde doit penser la même chose au même moment et o la moindre voix qui s'élève contre elle est passible de mort. Tant que le reste du monde ne le sait pas, ça n'existe pas, et nier cette évidence permet de garder espoir en un aven meilleur qui n'a aucune chance d'arriver en fait.

J'avais créé une brèche qu'elle devait refermer au plus vite, elle culpabilisait déjà, rongée par les remords de s'être ouverte, d'avoir partagé un instant son calvaire. Il ava probablement dû se confondre en excuses en rentrant. Comme d'habitude.

Je rentrais donc chez moi, lentement, imaginant facilement ce qui se passait chez elle actuellement. Il fallait que je l'aide sans empirer la situation déjà critique.

Si je signalais ces violences sans la prévenir, elle risquait de paniquer et de nier les faits : les conséquences seraient terribles ! Quel dilemme…Il fallait que je la voie en face à face à tout prix, mais je n'arrivais même pas à la joindre au téléphone et son mari étai toujours à la maison, ou presque. Trois longs jours passèrent, je me décidais alors à passer chez elle le samedi où je savais qu'elle ne travaillait pas. Vers dix heures, je sonnais. Pas de réponse. Je sonnais à nouveau. Si j'insistais, je savais que Bernard allait finir par s'énerver, alors je partis. A contrecœur, je partis.

Je ne devais pas non plus essayer de l'appeler, il surveillait forcément aussi son téléphone. Je me résignais donc à partir sans bruit. J'avais déjà assez fait de dégâts.

Le lundi, j'essayais de la joindre à l'hôpital mais elle n'était pas venue travailler. Cela devenait inquiétant. Je demandais à madame Henkel de garder Amanda le lundi soir. Mon intuition me disait que quelque chose clochait pour de bon cette fois-ci, il fallait que j'en aie le cœur net.

Cette fois-ci, je ne partirai pas avant de savoir ce qui se passait dans ce foyer. J'étais la mieux placée pour savoir que mon ancienne voisine était engluée dans la toile que Bernard avait soigneusement et patiemment tissée durant ces longues années, une toile très solide. A chaque fois qu'elle bougeait, elle s'enfonçait davantage dans la gueule du monstre.

Mais une fois presque sur place, je ne pouvais pas approcher de l'immeuble.

J'entendais un vacarme mêlant bruits de sirènes, cris, pleurs…La rue était bloquée apparemment, je laissais ma voiture sur un trottoir et je continuais à pied. Et je vis cet affreux brancard porté par les secours, et derrière, Gaspard qui courait en criant et pleurant à la fois : « Maman, maman, ne me laisse pas avec lui !».

Je courais le serrer dans mes bras, et à ce moment-là, je vis Bernard, le grand et valeureux Bernard, entouré de policiers, les mains et les vêtements en sang, qui pleurait à chaudes larmes.

Et là, je fus bien obligée de comprendre l'impensable : Eloïse était morte, il l'avait assassinée.

9 782958 161224